La Baignoire
d'Archimède

Du même auteur

NICOLAS WITKOWSKI

L'État des sciences et des techniques
(maître d'œuvre)
La Découverte, 1991

Dictionnaire culturel des sciences
Art, littérature, cinéma, sociologie, mythe, politique,
histoire, humour, religion, éthique, économie,
poésie, vulgarisation
(maître d'œuvre)
Seuil / Regard, 2001

Une histoire sentimentale des sciences
Seuil, « Science Ouverte », 2003

Trop belles pour le Nobel
Les femmes et la science
Seuil, « Science Ouverte », 2005

SVEN ORTOLI

Le Cantique des quantiques : le monde existe-t-il ?
(en coll. avec Jean-Pierre Pharabod)
La Découverte, 1984
La Découverte poche, « Essais », n° 48, 2004

Histoire et Légendes de la supraconduction
(en coll. avec Jean Klein)
Calmann-Lévy, 1988

Aventure quantique
(en coll. avec Jean-Michel Pelhate)
Belin, 1993

Sven Ortoli
Nicolas Witkowski

La Baignoire
d'Archimède

Petite mythologie
de la science

Éditions du Seuil

ISBN 978-2-02-033844-8
(ISBN 2-02-028765-X, 1ʳᵉ publication)

© Éditions du Seuil, mars 1996

La citerne de Dieu

Chacun sait qu'Isaac Newton attirait les pommes, qu'Einstein tirait la langue, qu'Archimède jaillissait de sa baignoire en hurlant, que Léonard de Vinci savait tout faire et que les chercheurs sont des apprentis sorciers en puissance, capables du fond de leur laboratoire de fabriquer des versions inédites de Frankenstein. C'est même tout ce qu'il convient de savoir sur la science puisque tout événement scientifique – c'est-à-dire incompréhensible – peut être ramené à l'une ou l'autre de ces images d'Épinal. D'un astrophysicien anglais, il suffit de savoir qu'il occupe la chaire qui fut celle de Newton et qu'il poursuit les travaux d'Einstein ; de l'homme le plus riche du monde, on apprend qu'il vient d'acheter un précieux manuscrit du grand Léonard ; d'un récent prix Nobel français, on retiendra qu'il s'agit d'un nouveau Newton. Cela va de soi.

L'idée d'aller y voir de plus près dans ce panthéon sur mesure est franchement iconoclaste. Il faut pour cela être dénué de tout sens du sacré – à l'image de ce petit garçon visitant la source miraculeuse de Lourdes et demandant au guide : « Elle contient combien, la citerne ? » Telle est précisément la question que nous avons entrepris de poser aux mythes scientifiques : la pomme de Newton était-elle une golden ou une granny-smith ? La baignoire d'Archimède une Jacob Delafon ou un simple baquet ? Et Léonard savait-il résoudre une équation du deuxième degré ?

Parmi les plus prestigieux mythologues, bien peu se sont penchés sur les mythes scientifiques. Roland Barthes leur a reconnu une existence légale en en épinglant magistralement un (le cerveau d'Einstein) dans ses *Mythologies*, et Claude Lévi-Strauss note (dans une introduction) que le monde de la science nous reste hors d'atteinte, « sauf par le biais de vieux modes de pensée que le savant consent à restaurer pour notre usage (et parfois regrettablement pour le sien) ». De fait, l'attitude ambivalente que nous entretenons avec la science est un terreau de choix, très favorable à l'éclosion de mythes durables. Au-delà des célèbres *Eurêka* et $E = mc^2$, bien d'autres fonctionnent à qui mieux mieux dans l'inconscient de l'homme de la rue comme dans celui des chercheurs, perpétuant très efficacement des peurs et des espoirs séculaires. Nous n'avons donc pas choisi les mythes qui composent ce livre – ce sont eux qui nous ont choisis. Nous n'avons pas non plus voulu faire une typologie de cette mythologie, considérant que toutes ces histoires, à un degré ou à un autre, procèdent de cet inévitable avatar du désir de savoir absolu qu'est la manie de la classification. L'ordre retenu est donc simplement chronologique, mais le lecteur n'est nullement tenu de le suivre. Il sautera avantageusement du coq à l'âne – ou du serpent de Kekulé au chat de Schrödinger –, reprenant ainsi à la lecture la stratégie adoptée pour l'écriture.

Chaque culture a ses propres mythes scientifiques : aux États-Unis, Edison aurait trouvé sa place, comme Alexander Fleming, par exemple, en Angleterre, et combien d'autres dans les pays non occidentaux. Si le même exercice y était tenté, on verrait la science arabe comme autre chose qu'une courroie de transmission entre les Grecs et la science moderne, et la tradition mathématique indienne ou la technologie chinoise remises à leur juste place, celle, de tout premier plan, que leur dénie depuis si longtemps la culture occidentale. Chaque époque, d'autre part, a ses mythes particuliers. Si Bernard Palissy n'a plus les honneurs des livres d'histoire, si le chaînon manquant et le mouvement perpétuel sont aujourd'hui quelque peu délaissés, Léonard de Vinci, Einstein et les ovnis se maintiennent honorablement, tandis que le chaos, avec son effet papillon, ou encore les trous noirs et le Big Bang, font une entrée remarquée sur la scène mythique. Mais un mythe ne disparaît jamais que pour mieux renaître, et, sous des aspects sans cesse renouvelés, raconter sempiternellement la même histoire – celle de l'homme et de la nature, de l'ange et du démon, de Dieu et du Diable.

Manichéens, les mythes le sont toujours, et les mythes scientifiques le sont particulièrement. La mythification du dialogue entre l'homme et la nature, comme on le verra, ne cesse d'osciller entre des polarités qui, si elles changent de nom, ne changent pas de nature. Le démon (de Maxwell) s'oppose au Dieu (« *Que Newton soit, et Tout fut Lumière* ») ou au prophète (Mendeleïev), le cambouis (celui des machines, de la technique, ou la « matière première » des alchimistes) à la pureté des mathématiques, le corps à l'esprit, le chaos au déterminisme. Tout Big Bang appelle son trou noir et toute formule magique sa bombe atomique. Entre ces deux extrêmes, la faille ouverte du doute, de l'incertitude, que de toute évidence nous nous refusons à associer à la science.

Roland Barthes le soulignait déjà : bien des dangers guettent le mythologue. Un mythe ne se juge pas, puisque son existence est la preuve même de son utilité. Pourtant, bien des tentatives de démythification débouchent sur des jugements aussi péremptoires qu'inutiles, et se muent insensiblement en psychanalyse de l'inconscient collectif, voire en procès de la crédulité et de l'obscurantisme du monde non savant – ce qui met allégrement de côté le fait que les mythes scientifiques tiennent avant tout leur légitimité du milieu (scientifique) qui les a produits.

L'opinion la plus commune est ainsi que les mythes se constituent, en quelque sorte, par dépit : dépit de ne pas comprendre, de se sentir exclu de la marche des idées, de ne pouvoir accéder, faute de l'arsenal mathématique nécessaire, à l'intimidante beauté des grandes théories. Et ce petit désespoir bien ordinaire se traduirait par rien moins qu'un vol, celui d'une image ou d'une parole, d'une pomme ou d'un « tout est relatif » – sitôt récupérés et détournés de leur sens initial. Cette démarche culpabilisante en appelle une autre, plus attentive à la naissance et à l'édification des mythes scientifiques. Et ce retour aux sources commence, bien sûr, par un retour aux textes fondateurs.

Pieux mensonges

Par-delà les caractères individuels, les styles et les époques, on est tout d'abord frappé par le curieux air de famille que présentent ces récits de création. Ce sont généralement des versions païennes de la Genèse, abondamment pourvues en pommes et en serpents, ou des cousins germains des vieux récits prométhéens où d'intrépides humains tentent de dérober aux dieux la flamme sacrée de la connaissance. Le mathématicien Laurent Schwartz démontrant un théorème donne un bel exemple de style biblique :

> Tous les soirs [...] je croyais l'avoir démontré et, au réveil, instantanément, je voyais l'erreur dans les résultats de la veille. Au septième jour, les murailles tombèrent.

Dans le style prométhéen, les exemples sont innombrables, de Gauss (« Comme en un éclair subit, l'énigme se trouva résolue ») au physicien Tesla (« L'idée me vint comme un éclair et, en un instant, la vérité fut révélée »), en passant par Roland Moreno, l'inventeur de la carte à puce, qui avoue en avoir eu l'idée « un matin au réveil, en allumant un joint », et par le mathématicien anglais Christopher Zeeman : « ... Plus tard cette nuit-là – l'avouerais-je ? *[I confess]* –, je me suis assis sur les toilettes. C'est alors que l'éclair de l'inspiration m'a touché comme une bombe. »

L'éclair de génie a en effet une nette propension à se produire dans les endroits les plus surprenants – jamais dans un laboratoire – et très souvent dans les transports en commun, ce qui ne laisse pas d'être symbolique puisque le génie est avant tout affaire individuelle. Poincaré en fait d'abord l'expérience « en traversant le boulevard », puis au moment où il mettait le pied sur le marchepied (de l'omnibus) ; le même moyen de transport avait déjà porté chance au chimiste Kekulé qui imagina la formule du benzène dans un omnibus londonien.

A y regarder de plus près, on s'étonne du luxe de détails qui entoure ces récits fondateurs. Poincaré précise qu'il venait de prendre du café noir, contrairement à son habitude, et Kekulé qu'il se trouvait sur l'impériale du dernier omnibus de la journée, entre Islington et Clapham, comme pour situer précisément dans l'espace-temps le lieu et la date du fulgurant éclair qui l'a mis en contact avec l'au-delà. Tout cela est un peu trop précis et flaire l'habile reconstitution. De fait, l'examen des dates de publication des souvenirs de nos grands hommes montre qu'il s'écoule souvent plusieurs décennies entre leur découverte et le récit qu'ils en font. Poincaré et Gauss ne racontent leurs exploits que sur la fin de leur vie, Tesla expose son invention quarante-deux ans après les faits et Kekulé ne parle d'omnibus, à l'occasion d'une fête donnée en son honneur, que trente-cinq ans plus tard. Quant à Newton, il semble bien qu'il n'ait parlé de pomme qu'en 1726, à l'âge de quatre-vingt-quatre ans, l'année précédant sa mort. Au dire de son biographe Richard Westfall, « la date ne compromet pas l'acceptation de l'incident [celui de la pomme], événement concret volontiers rappelé. Mais, par ailleurs, l'âge de Newton rend quelque peu suspect le souvenir qu'il pouvait avoir des conclusions qu'il tira à l'époque, surtout quand ses propres écrits rapportent une histoire assez différente ». Le grand mathématicien Karl Friedrich Gauss donnait à cet égard un indice précieux : « Lorsqu'un bel édifice est achevé, on ne doit pas y lire ce que fut l'échafaudage. »

La plupart de ces beaux récits de création sont donc, comme il se doit, le fait de beaux vieillards à barbe blanche jetant sur leur propre passé un dernier regard attendri. Comment s'étonner qu'avec le recul les éclairs soient plus brillants, les feux plus ardents et les détails revivifiés, sinon inventés de toutes pièces ? « Le mythe, écrivait Roland Barthes, est une parole excessivement justifiée », et le proverbe « A beau mentir qui vient de loin » s'applique fort bien aux grands récits fondateurs et zébrés d'éclairs qui illuminent fugitivement la longue marche du progrès scientifique. Ces mensonges-là ne sont d'ailleurs que des demi-mensonges, dans la mesure où le commun des mortels les attend avidement.

Canoniser le quotidien

Nous sommes persuadés que la connaissance ne peut être que révélée, puisqu'elle est radicalement autre, et que l'invention est bien souvent un regard nouveau porté sur des objets ou des notions ordinaires. Aussi, à défaut de comprendre les tenants et aboutissants de la nouvelle théorie, se contente-t-on – comme les amateurs d'autographes, les rockers qui collectionnent pieusement des bouts de veste de Johnny, ou les enfants qui conservent dans un tiroir un trésor de ressorts cassés, d'engrenages et de bouts de ficelle – d'en saisir le contexte, l'accessoire, pour l'ériger en relique sainte dans son petit musée personnel. On se dispense ainsi d'en savoir plus ; on se protège avec un gri-gri contre les affres métaphysiques qui nous guettent. Et l'on érige du même coup des baignoires, des pommes et des formules mathématiques en médiums d'une vérité révélée, lesquels, semblables aux objets que les rois antiques faisaient placer dans leurs tombes, signalent à coup sûr un enterrement de première classe : la canonisation populaire d'un grand homme ou d'un concept nouveau.

Acte de barbarie, ou expression d'une ironie cinglante et pleine d'humour qui sait à quel point les théories des hommes sont fugitives et glissent sans guère accrocher sur une imperturbable réalité dont nous n'aurons jamais le fin mot ? Car si Dieu consent parfois à faire jaillir quelque étincelle dans quelque cerveau méritant – un $E = mc^2$ stupéfiant –, il a tôt fait de l'éteindre et d'en circonscrire l'impact. Sans doute faut-il voir aussi les mythes scientifiques comme l'expression d'une certitude : celle que le bonheur n'est pas dans l'inspection objective et désacralisée de la nature, que les grandes découvertes ne sont pas le fait de la machine scientifique, mais d'un individu comme vous et moi établissant par quelque moyen très ordinaire un dialogue *sympathique* avec la nature, trouvant pour exprimer la complexité un langage mieux adapté que le langage ordinaire. Car la grande découverte, tout le monde la subodorait, l'avait sur le bout de la langue. *Je me doutais bien* que tout est relatif, que tout corps plongé…, que l'espace courbe… Il ne me manquait que le langage adéquat pour l'exprimer. Et lorsqu'il se révèle impossible d'exprimer simplement la nouveauté, les théories d'Einstein par exemple, la seule solution est de mythifier sa formule magique, tout en insistant sur le côté « humain » du personnage : Einstein était un mauvais élève !

Cette canonisation du quotidien est peut-être une des clés de la sagesse : cultivez votre jardin, vivez dans le présent, observez les pommes d'un autre œil et faites confiance au génie des baignoires. Le mythe, lui, est là pour servir de trait d'union entre la science et le commun des mortels (scientifiques compris), entre l'incompréhensible et le quotidien, le magique et l'ordinaire. Ce trait d'union mythique étant proprement inexprimable, il est néanmoins possible d'en signaler la présence au moyen d'une bonne vieille dualité : le savant mythique doit ainsi impérativement être double, schizophrène, capable du meilleur comme du pire. Comme les moteurs thermiques, le mythe ne fonctionne que s'il s'abreuve à deux sources, l'une chaude (la bonne), l'autre froide (la mauvaise) – et d'autant plus efficacement que la différence de température est grande.

Un autre appareil, le radiomètre de Crookes, petit tourniquet à quatre palettes pivotant – sans le secours d'aucun moteur – dans les boutiques de gadgets, concrétise mieux encore le fonctionnement du mythe scientifique : son secret tient à ce que chacune de ses palettes a une face noire et une face blanche. Tant que la lumière frappe l'appareil, rien ne saurait l'arrêter. Autant dire que la modeste entreprise de démythification tentée ici, et qui se résume à un coup de projecteur sur les mythes les plus vivaces de la science, n'aura pour effet que d'accélérer le tourniquet : il suffit d'évoquer un mythe – même si c'est dans le but de le démonter pièce à pièce – pour lui donner une nouvelle impulsion...

Le radiomètre de Crookes est une ampoule contenant un petit moulinet à quatre palettes ayant chacune une face noire et une face blanche – moulinet qui se met à tourner dès qu'il est éclairé. Sir William Crookes (1832-1919) l'inventa dans un but bien particulier : mesurer la « force psychique » d'un médium de ses amis, Daniel Dunglas Home, capable de léviter, d'influencer les balances et de jouer de l'accordéon sans appuyer sur les touches. Si le radiomètre se révéla assez insensible aux ondes médiumniques, il mena Crookes à bien d'autres découvertes, dont le tube à décharge et un des premiers détecteurs de radioactivité de l'histoire. Un appareil qui a fait le lien entre la psychokinésie et la physique nucléaire est tout désigné pour être le symbole du mythe scientifique.

© Christian Zachariasen.

Cet homme va sortir nu de sa baignoire-laboratoire et courir dans les rues en hurlant *Eurêka* ! Une image fondatrice de la science et du savant, dans son plus simple appareil.

Source : Gravure, par W.H. Ryff. Bibliothèque nationale de France, Paris. © BNF, Paris.

La baignoire d'Archimède

Nu comme un ver, trempé comme une poule d'eau, Archimède dévale la grande rue de Syracuse en hurlant *Eurêka* – en dorien : « J'ai trouvé. » Les débordements intempestifs de son bain l'ont propulsé hors de l'étuve. Le grand homme, nul ne l'ignore aujourd'hui, vient de découvrir le fameux principe de l'hydrostatique que des générations d'écoliers ânonneront sur l'air des lampions : tout corps plongé dans un liquide est soumis à une force verticale dirigée vers le haut et égale au poids du fluide déplacé…

Heureux temps où l'on pouvait faire de la physique dans sa baignoire. On imagine la tête des policiers genevois si les quatre cents signataires de la découverte d'une nouvelle particule sortaient nus de la piscine proche du CERN[1] en hurlant : *« We've got it ! »* Mais c'était bien évidemment une autre époque et d'ailleurs une autre histoire. Car, s'il en circule beaucoup sur son compte, on connaît très mal la vie du grand mathématicien.

Né vers 287 av. J.-C. à Syracuse, il y meurt en 212. Entre-temps, mystère ou presque. Vie privée, vie publique, tout ce que l'on sait de lui nous vient de deux sources. La première, incontestable, est faite de ses propres écrits, ou du moins de ce qu'il en reste ; en tout, dix traités qui nous sont parvenus tant bien que mal et dont la pensée, souvent, ne trouvera pas d'écho avant les XVIIe et XVIIIe siècles. Une vraie mine d'or pour les mathématiciens et les physiciens qui, parmi d'autres pépites, y

1. Le Laboratoire européen de physique des particules, à Genève.

découvriront les fondements de la mécanique rationnelle et une méthode de calcul de l'aire du cercle conduisant aux premières intégrations de l'histoire des mathématiques. Mais peu de chose en revanche sur la vie quotidienne du bonhomme. Avait-il une femme, des enfants, des passe-temps ? On apprend tout juste, au détour d'une démonstration, que son père Phidias est astronome. On comprend qu'il est le conseiller, l'ami, peut-être le parent, de Hiéron II, tyran de Syracuse. Sans doute a-t-il voyagé en Égypte et séjourné dans la belle Alexandrie.

Pour le reste, rien n'est sûr, malgré les histoires parsemant les écrits des commentateurs grecs et romains qui se pencheront sur sa vie. Ces histoires, qui se rapportent toutes à des faits scientifiques, constituent notre deuxième source d'informations sur Archimède, et alimentent le fonds de commerce de sa légende.

Un jour, rapporte le philosophe Proclus (Ve siècle ap. J.-C.), il apostrophe fièrement Hiéron par ces mots : « Donne-moi un point d'appui et je soulèverai la Terre. » C'était à l'occasion du lancement du *Syracusia*, un trois-mâts géant pour l'époque (plus de cinquante mètres de long), dont Archimède avait surveillé la construction. Selon le commentateur latin, il organise dans le port un véritable *show*. Devant une assistance ébahie, le navire, chargé jusqu'au plat-bord et avec son équipage au grand complet, est tiré au sec par un système de poulies activé par Archimède lui-même. Éclatante réfutation d'une affirmation péremptoire due au grand Aristote, lequel prétendait que la force est inefficace au-dessous d'une valeur limite ; il en voulait pour preuve qu'il serait impossible à un homme seul de déplacer un navire traîné habituellement par une équipe de haleurs. Après tout, qui ne douterait qu'un enfant puisse déplacer une locomotive par la seule vertu d'un système démultiplicateur ? A l'expérience fictive proposée par la grande autorité scientifique du siècle précédent, Archimède réplique par une démonstration grandeur réelle et adresse un pied de nez au bon sens. Première histoire, première leçon : contrairement aux apparences, Archimède n'est pas fou, il peut dominer le monde grâce à la science. L'idée, depuis, a fait son chemin.

Dans une histoire non moins célèbre, Vitruve (Ier siècle av. J.-C.) rapporte que notre héros confondit un jour l'orfèvre qui avait vendu au roi Hiéron une couronne d'or indélicatement coupée d'argent. Les soupçons du monarque, raconte l'architecte romain, l'avaient conduit à demander à Archimède une méthode pour piéger l'escroc. C'est en y réfléchissant dans son bain qu'Archimède hurle *Eurêka*, découvre la loi de l'hydrostatique et par là même une réponse à la question posée. Dans une bassine d'eau pleine à ras bord, il plonge, explique Vitruve, une mesure d'argent, puis une mesure d'or de poids égal à celui de la couronne. Il mesure les débordements successifs, puis plonge enfin la fameuse couronne et constate que la quantité d'eau recueillie est intermédiaire entre les deux mesures précédentes. Confusion du voleur et triomphe de la vérité scientifique.

En réalité, l'eau débordant du bain d'Archimède n'apprend rien sur la fameuse poussée, puisque la méthode décrite par Vitruve est purement volumétrique. C'est d'ailleurs un détail puisque, dans cette histoire, c'est le cri qui compte. Autant le précédent récit nous traçait la silhouette d'un savant un peu mégalomane mais très efficace, autant celui-ci se concentre autour d'un cri primordial. Une incantation qui permet d'identifier immédiatement ce dont il s'agit : la science, c'est génial et c'est simple. Voilà ce que signifie l'*Eurêka* du programme européen de technologie, ou des rubriques et des mensuels scientifiques.

Il est d'ailleurs moins un trait de génie qu'un trait d'union nous rapprochant du lointain Archimède. En résolvant un casse-tête ou en repérant l'origine d'une panne de voiture, tout un chacun est capable de pousser son *Eurêka* comme un coq de basse-cour. Des milliers de petits *Eurêka* peuvent caqueter sur le monde et signifier, comme la lampe rouge indiquant la présence du saint sacrement, qu'ici la science veille, qu'ici, comme disait Picasso dans une formule qu'on croit à tort adaptée aux sciences, « je ne cherche pas je trouve ». *Eurêka* est un raccourci couvrant d'un mot la complexité de la technoscience comme une tunique d'invisibilité. Alors même que, du microordinateur au fax, les produits quotidiens de la technoscience sont de plus en plus simples à manipuler, leur conception est de plus en plus incompréhensible. Entre la science et nous, le gouffre s'élargit, mais *Eurêka* nous rassure. Apanage du chercheur solitaire, dernier signe d'une époque révolue, il nous parle d'un temps auquel nous voudrions tellement croire que même les plus zélés servants de la technoscience, ceux pour qui, selon la formule, « tout ce qui est possible doit être fait », renoncent instantanément à leur esprit critique. Comme ces polytechniciens du sérail atomique, ils sont prêts à croire qu'un inventeur italien autodidacte et solitaire a trouvé la machine qui permet aux avions de renifler le pétrole.

Deuxième histoire, deuxième leçon. *Eurêka?* Version originelle du « Bon sang mais c'est bien sûr », qui retentit toujours vingt-trois siècles plus tard parce qu'il évoque dans sa simplicité, dans sa nudité, ce que l'on imagine de la découverte scientifique : à la fulgurance de l'intuition succède la violence de la joie. Une violence telle que le savant, dans sa distraction, sort nu de son laboratoire – comme si le prix à payer pour accéder au savoir était une libération du corps. L'idée est restée, indéboulonnable : coincé dans sa chaise roulante par une sclérose amyotrophique, le corps cassé mais l'œil vif, l'icône est familière ; voilà le (presque) pur esprit de l'astrophysicien Stephen Hawking. En Angleterre, on le voit partout, jusque dans une publicité sur une « brève histoire des télécommunications ». En France un peu moins, mais suffisamment tout de même pour savoir, depuis son livre *Une brève histoire du temps*, qu'il est titulaire de la chaire de Newton à l'université de Cambridge et spécialiste des trous noirs. Qui, mieux que lui, symboliserait l'idée (mythique) d'un tribut réclamé par la connaissance, avec en corollaire le respect dû à ceux qui le paient ?

Un respect où la crainte vient se mêler à l'admiration, car l'héritage d'Archimède est vaste et nous a également légué une image plutôt inquiétante du savant. Dans le crescendo des histoires apocryphes culmine en effet le siège de Syracuse. Vers 214, la cité sicilienne, dernière puissance grecque indépendante, est assiégée par les légions du consul Marcellus. La ville joue Carthage contre Rome, et y perdra sa liberté. Le siège dure trente mois, durant lesquels, racontent Plutarque, Polybe ou Tite-Live, les assauts romains sont repoussés grâce aux terribles machines inventées par Archimède : des catapultes capables d'envoyer d'énormes blocs de pierre sur les navires au large de l'Achradine, des scorpions pour tirer des lances à courte portée, des grues capables d'agripper les navires s'approchant des remparts, et jusqu'aux fameux miroirs ardents qui enflamment les voiles et les coques des galères. Si l'on excepte ces derniers, techniquement difficiles pour l'époque (même les ingénieurs du projet de « guerre des étoiles » de l'ex-président Reagan ont compris que diriger un miroir sur une cible mouvante n'a rien de trivial), il est probable qu'Archimède a mis son talent d'ingénieur au service de sa ville. En renforçant les murailles et la forteresse de l'Euryale d'abord, en perfectionnant ensuite des machines de guerre qui sont répandues en Méditerranée depuis plus d'un siècle. Le siège s'achèvera à l'automne 212, grâce au retournement de quelques assiégés qui ouvriront une brèche à l'armée de Marcellus. Archimède, raconte Plutarque, sera égorgé à cette occasion par un soldat romain à qui il avait interdit de toucher aux figures tracées dans le sable de son abaque…

Voilà pour la légende. En réalité, la chute de Syracuse, la plus puissante cité fortifiée du bassin méditerranéen, devra plus aux affrontements internes entre partisans des Carthaginois et des Romains qu'à une trahison ponctuelle. Sa prise sera particulièrement sauvage : pillages et massacres seront tels que le sénat romain refusera le triomphe à Marcellus, qui s'intéressait vraisemblablement plus aux richesses de la ville qu'à un mathématicien dont il ignorait peut-être l'existence[2].

« Le récit de Plutarque, écrit l'historien Michel Authier dans les *Éléments d'histoire des sciences*, met au point le canon du savant. » Le « canon », c'est le moins qu'on puisse dire, puisque Archimède condescend, si le roi le lui demande, à déchaîner la puissance de la science. Cela ne lui fait d'ailleurs ni chaud ni froid. Tout dans le récit de sa mort indique qu'il est aussi indifférent à cette course aux armements qu'au sort de sa ville. Les différentes versions de la fin d'Archimède montrent qu'il ne se soucie que d'une chose : ses idées. Bien sûr, il n'est pas immortel, mais il est parvenu à tenir en échec les armées romaines. La trahison seule pouvait le vaincre et l'ignorance le tuer.

Troisième histoire, troisième leçon : le savant entièrement voué à la recherche de la vérité se soucie peu de considérations morales. Il est au-dessus de la mêlée, par-delà le bien et le mal en quelque sorte. C'est encore une fois l'idée que la vérité, scientifique forcément, est indépendante des hommes : « La science n'a pas de morale. La nature ignore les lois de l'éthique. » Ces paroles inquiétantes de Peter Duesberg, membre de l'Académie des sciences américaine, probablement prononcées avec une ferveur innocente, dessinent bien, côté face, une figure architutélaire du savant. Et, comme toute image mythique appelle son négatif, on verrait côté pile se dessiner celle du savant préoccupé par le bien de l'humanité. Pasteur contre Archimède : le vieux débat sur la fin et les moyens de la science ne cesse de reprendre du service.

Trois histoires, trois leçons, une seule idée : qu'elle vienne illuminer le savant ou qu'il la déchaîne, la science c'est la

---

2. Mais dont nul n'ignore aujourd'hui le souvenir. Car Archimède a traversé les époques sans jamais perdre sa célébrité. Au XVIIᵉ siècle, rappelle Authier, Pascal ne met en scène que deux personnages dans sa pensée sur les trois ordres : Jésus-Christ et Archimède. Dans son calendrier positiviste, Auguste Comte donne au quatrième mois consacré au culte de la science antique le nom d'Archimède, seul savant parmi des noms aussi illustres que Moïse, Homère ou César.

foudre. Voilà pourquoi notre premier et plus vieil héros scientifique s'appelle Archimède, et non Euclide ou Pythagore, qui ne possèdent pas le centième de sa notoriété bien qu'ils ne soient pas moins honorables que lui. C'est que, dans cette galerie qui s'est ornée à travers les siècles, le portrait d'Archimède rassemble les ingrédients qui permettent de glorifier la science dans toute sa puissance.

Portrait d'un mage en clair-obscur.

Léonard de Vinci, *Autoportrait,* Galerie des Offices, Florence.
© Anderson-Viollet.

Les carnets de Léonard

Selon l'hebdomadaire *Time*, le maître du monde s'appelle Bill Gates et le soleil ne se couche jamais sur son empire numérique. Pour quelques millions de dollars, le roi du logiciel s'est offert un symbole : un carnet de croquis tracés de la main d'un maître. LE maître, bien sûr. L'homme qui a peint *La Joconde* et dont l'œil pénétrant dépassa, dit-on, l'horizon de son siècle pour y rapporter les esquisses de machines qui deviendront réalité cinq cents ans après sa mort. Da Vinci Leonardo, 1452-1519, peintre incomparable, sculpteur audacieux, inventeur génial, ingénieur prodigieux, prophète des temps nouveaux, voilà l'un des plus extraordinaires enfants de l'humanité : l'*Uomo universale*.

C'est du moins ce que l'on retient quand on a tout oublié. Tel qui prend Maxwell pour une marque de café et Gay-Lussac pour un homosexuel anglophile connaît et reconnaît Léonard de Vinci comme l'inventeur par excellence. Mais un tel portrait est-il fait d'après nature ? Ce n'est pas faire injure au divin Léonard que de considérer le trait comme un peu fort. Génial ? Sans nul doute. Universel ? Disons qu'il est un artiste au pied de la lettre : à Florence, sa mère patrie, peintres et maçons, fondeurs et sculpteurs, ingénieurs et orfèvres appartiennent à une seule et même corporation, la guilde des arts.

Artiste ou artisan, la distinction n'existe pas à cette époque et Vinci sera l'un autant que l'autre. L'un beaucoup plus que l'autre en vérité puisque la technologie est la grande passion de celui qui portera le titre d'*Ingeniarius et Pictor* à la cour milanaise de Ludovic le More, d'*Architecto ed Engegnero generale* à celle, florentine, de César Borgia, de *Paintre et Ingénieur ordinaire* à celle de Louis XII. Car l'auteur de *Monna Lisa* a peint très peu ; il nous reste une dizaine d'œuvres dont la provenance n'est pas douteuse. C'était même un sujet d'étonnement pour ses contemporains : comment pouvait-il être aussi avare d'un talent si prodigieux ?

L'affaire de sa vie était tout simplement ailleurs. Dans les mathématiques qu'il admire sans conditions… et sans grandes dispositions, en mécanique où il excelle si le problème auquel il s'attaque est lié à une question pratique, en anatomie où l'acuité de son regard et la finesse de son dessin font merveille, en technique surtout où s'expriment le mieux sa curiosité, son imagination, son goût pour les grands travaux et les machines qu'il veut sans cesse améliorer : des fortifications de Piombino au canaux de Romagne, des moulins lombards aux machines à tisser, de la conception d'une turbine à vapeur au plan d'un fusil à chargement par la culasse, Léonard a l'esprit boulimique.

Son inspiration, il la trouve autour de lui, auprès des fondeurs de cloches, horlogers ou souffleurs de verre de son quartier ; également dans les récits des voyageurs qui ont vu ici un moulin à vent, là un disque à polir les miroirs, et encore dans les écrits des scientifiques médiévaux où il découvre aussi bien un principe d'optique que celui d'une chaîne de transmission. Au total, c'est une incomparable floraison d'idées et de réalisations qu'il va scrupuleusement conserver dans ses carnets. Leur analyse, note l'historien des mathématiques Charles Truesdell, montre que, s'il est capable d'intuitions fulgurantes, « on ne peut lui attribuer aucune découverte importante en science ». Autre commentateur de son œuvre, Filippo Arredi dira que son génie scientifique est « plus effectif dans l'observation que dans la synthèse, dans l'intuition que dans la déduction ». Dans le domaine technique, il reprend souvent les idées de ses prédécesseurs[3], Taccola ou Francesco di Giorgio, parfois en les améliorant. Quant à sa culture, elle est très vaste, mais loin, très loin, de celle requise pour l'« homme universel » selon les prescriptions de l'humanisme puisqu'il ne parle ni n'écrit le latin avec la fluidité requise, qu'il connaît peu les philosophes antiques et se met tardivement à la géométrie. C'est en définitive, écrit l'historien Carlo Maccagni, « l'homme d'une culture intermédiaire, entre le lettré et l'ignorant ».

Mais on ne prête qu'aux riches. Lorsque ses carnets éparpillés seront retrouvés sous forme de puzzle, à la fin du XIXe siècle, le public enthousiaste va célébrer un rêve. Un rêve incarné par ce magnifique autoportrait à la sanguine de Turin daté de 1512. Barbe fournie et cheveux longs, bien qu'il n'ait déjà plus un poil sur le caillou et qu'une telle chevelure ne soit pas alors à la mode, Léonard s'y représente chargé des attributs du mage plus que du sage.

L'exhumation des merveilleux dessins, des innombrables croquis, notes et récits de cet impérieux enchanteur, va secouer le monde des arts et des lettres davantage que la découverte de Pompéi sous son linceul de cendres cinquante ans plus tôt. Où sont, se demandait-on à l'époque, les libérateurs d'Aristote et de l'Église ? Où sont ceux-là qui ont fait renaître les arts et les sciences après la longue nuit du Moyen Age ? Cet homme, ce chevalier vainqueur des âges obscurs, ce héros scientifique, ils vont enfin l'identifier à Léonard, grand artiste et penseur solitaire. Chaque détail contribue à l'élaboration du mythe. Et d'abord *La Joconde*, dont l'énigmatique sourire de sibylle vient renforcer sa légende. Sourirait-elle de connaître l'avenir ? Car c'est bien de cela qu'il s'agit : qu'un homme, au génie attesté par ses

---

3. Dans *Les Ingénieurs de la Renaissance*, Bertrand Gilles en a dressé un passionnant inventaire. A propos de Léonard, il précise : « Il a fallu beaucoup d'ignorance, et d'abusive imagination, pour faire de Vinci, et malgré lui, un inventeur fécond. »

peintures, ait pu anticiper ainsi sur des machines existantes paraît inconcevable. Voilà ce que le public retient. Peintre, inventeur, sculpteur, mais surtout thaumaturge, oracle bien plus fort que Nostradamus, doué d'un pouvoir divinatoire qui lui permet de voir dans l'avenir. C'était un homme si en avance sur son temps, dit-on, qu'il était réveillé au moment où les hommes étaient endormis.

La preuve ? Elle est dans ses carnets. N'a-t-il pas imaginé le char d'assaut, la machine volante, l'hélicoptère, le parachute, le véhicule à chenilles, le sous-marin, le tuba ? On lui attribue tout et plus encore, sans se soucier de ses éventuels prédécesseurs, puisque, par définition, par acte de foi, il n'y avait avant lui que ténèbres – sinon le Moyen Age ne serait plus si obscur.

Munie d'un tel viatique, la popularité de Vinci n'a fait que s'accroître au XXᵉ siècle. Il n'y a guère qu'Einstein et Archimède qui puissent, pour des raisons différentes, rivaliser avec lui dans l'ordre des divinités scientifiques. Ni l'un ni l'autre ne peuvent pourtant prétendre, et de loin, à une présence comparable dans les foyers. Car s'il n'existe qu'un livre qui puisse évoquer l'idée de science dans une bibliothèque familiale, c'est celui qui regroupe les reproductions des tableaux et des fameux croquis de Vinci.

Et c'est précisément là que la société de travail temporaire Manpower a trouvé son totem (son logo, dit-on dans une abréviation qui vient précisément exprimer qu'il s'agit d'une divinité). Deux hommes superposés ; le premier, les bras en croix, est nu ; du deuxième, on ne voit que les mains et les jambes comme s'il était écartelé. Pourquoi ce choix ? Dans une publicité, Manpower montre une équipe noire et une équipe blanche qui, à elles deux, parviennent à réaliser un ouvrage dont on comprend qu'il n'aurait pu être réalisé autrement ; dans une autre, c'est un homme dont l'angoisse disparaît lorsqu'il constate qu'un collaborateur irremplaçable est finalement interchangeable. Voilà ce que représente Léonard et la raison du choix de Manpower. Vinci est mort, vive Manpower qui a su revenir dans ce temps merveilleux où toutes les connaissances du monde étaient à la portée d'un homme. Ce monde ancien n'existe plus (peu importe que la connaissance universelle n'ait pas moins été un leurre au XVIe qu'au XXe siècle), mais sa renaissance passe par un « réseau de compétences ». Dans un monde voué à l'hyperspécialisation, la technoscience divine a besoin de se rappeler qu'il fut un temps où elle était humaine.

Persuadé qu'il est impossible de changer le plomb en or, Bernard Palissy
s'apprête à changer du bois de chaise en céramique.

Gravure de Cardon d'après Meunier, 1881.
© Roger-Viollet.

Les meubles de Bernard Palissy

Bernard Palissy (1510-1589), l'homme qui a brûlé ses meubles pour faire des céramiques, a disparu des livres d'histoire. Il a pourtant marqué l'esprit de générations de potaches auxquels il était censé enseigner l'abnégation et le goût de l'effort. Les potaches en question étaient en fait partagés entre l'admiration – il a osé brûler des meubles alors qu'eux reçoivent une taloche à la moindre rayure au buffet de la salle à manger – et la stupeur : à quoi bon faire de tels efforts pour fabriquer les bibelots que l'on trouve sur la cheminée de ses grands-parents ?

Quatre siècles auparavant, les voisins de Palissy se posaient la même question. Si, aujourd'hui, la céramique redevient un matériau d'avant-garde, supraconducteur comme pas deux et même potentiellement nobélisable, elle était considérée en 1550 comme un art mineur qui ne valait certes pas qu'on lui sacrifie sa vie de famille. Vu du XXe siècle, ce choix est plus surprenant encore : à l'époque où Ambroise Paré invente la chirurgie moderne et où Copernic décrit les orbes célestes, Palissy s'échine à faire des plats ornés d'écrevisses et de serpents aux reflets mordorés… Il passe dix ans de sa vie à casser des pots en terre cuite, à les revêtir de savantes mixtures d'étain, d'antimoine, de cendre gravelée et de pierre du Périgord, à construire des fours de verrier et à les alimenter en combustible avec les poteaux de la clôture de son jardin, puis avec les tables et le plancher de sa maison.

« J'estois tout tari et desséché à cause du labeur et de la chaleur du fourneau ; il y avoit plus d'un mois que ma chemise

31

n'avoit seiché sur moy, et mesme ceux qui me devoient secourir, alloient crier par la ville que je faisois brusler le plancher : et par tel moyen l'on me faisoit perdre mon crédit, et m'estimoit-on estre fol. » D'échec en échec, de tesson fondu en four éclaté sur fond d'enfants en nourrice, de voisins rigolards et de reproches de sa femme, Palissy, « toujours accompagné d'un millier d'angoisses », s'enfonce dans une quête désespérée : celle de l'émail blanc glacé qu'il a vu sur une coupe de Faenza. Un émail « d'une beauté telle que deslors j'entray en dispute avec ma propre pensée, et me mis à chercher les esmaux, comme un homme qui taste en ténèbres ».

L'amour de l'art ? Certes, Palissy est un artiste, un tasteur de ténèbres, mais il doit aussi trouver un nouveau métier : la « pourtraiture » et la « vitrerie », en 1540, ne paient plus. Plutôt que de vivre petitement de ses vitres colorées et de ses peintures de commande, Palissy préfère explorer un créneau prometteur – personne en France ne sait imiter les céramiques italiennes et les riches clients ne manquent pas. De fait, dès qu'il parvient « à rendre les diverses couleurs fusibles à un mesme degré de feu » et trouve le secret de l'émail (ce qui lui cause une joye telle qu'il pensoit estre devenu nouvelle créature), son train de vie change du tout au tout. Introduit à la cour par le connétable de Montmorency, il devient « inventeur des figulines rustiques du Roy et de la Royne sa mère ». La morale est sauve mais le conte de fées s'arrête là. Palissy a eu la mauvaise idée de se convertir au protestantisme à la veille du massacre de la Saint-Barthélemy. Il y échappe grâce à ses hautes protections, mais finira tout de même dans un sombre cachot de la Bastille, dont ne le tirera même pas une visite du roi Henri III.

A cette fatale erreur près, l'histoire de Palissy est vraiment exemplaire : l'avenir appartient aux audacieux, qui cherche trouve (surtout s'il s'en remet à la méthode expérimentale) et à cœur vaillant rien d'impossible. Ne disait-il pas lui-même : « Il faut être veuillant, agile, portatif et laborieux » ? Que seul le plancher du personnage ait traversé l'histoire est cependant

profondément injuste. Car la science de Palissy allait bien au-
delà du secret de fabrication des émaux, vers un « art de
terre » qui en fait un précurseur de la géologie, de la paléon-
tologie et de la chimie. A une époque où l'on est persuadé
que l'eau des rivières vient de l'intérieur de la Terre, il
prouve, expériences à l'appui, qu'elle vient en totalité de la
pluie ; alors qu'un siècle plus tard le grand Isaac Newton
s'échinera tout autant que lui – avec d'autres buts et moins
de succès – autour de ses fourneaux d'alchimiste, ce spécialiste des verts de chrome, des blancs d'étain et des pourpres
d'or montre que la transmutation des métaux est une chimère.

Deux siècles avant la naissance de la cristallographie, il
propose une classification des cristaux. Surtout, il s'intéresse
aux fossiles et prétend que, loin d'être des vestiges du déluge,
ce sont des « espèces perdues ». Ces idées très novatrices, et
qui ne viennent que rarement en brûlant des planchers, seront
appréciées à leur juste valeur : Ambroise Paré est un auditeur
assidu des conférences publiques sur divers sujets d'histoire
naturelle que Palissy donne à Paris, juste avant d'être définitivement embastillé. Cela ne suffit pourtant pas, aux yeux de
l'histoire des sciences, à donner à Bernard la stature de Léonard, qui le supplantera facilement comme prototype de
l'homme de la Renaissance. Reste l'affaire du plancher qui,
elle, est passée à la postérité comme archétype de l'impact de
la science sur la société.

Palissy a véritablement fait feu de tout bois ; il a détruit son
foyer pour en alimenter un autre – celui de la science – et traduit *home sweet home* par « émaux chers émaux ». Le voilà
tout désigné pour symboliser la soif de connaître qui ne
souffre aucun obstacle, la recherche éperdue du savoir qui
fait fi des conventions sociales. Que le mythe Palissy ait disparu des livres scolaires est aussi riche d'enseignements que
le mythe lui-même : la société sait, désormais, ce qu'il faut
attendre des recherches éperdues. De menaces nucléaires en
pollution des nappes phréatiques, elle se méfie comme la
peste des Palissy d'aujourd'hui, qu'elle confine dans les labo-

ratoires du CNRS et à qui, en cas de succès, elle distribue des médailles. Quant à l'irrésistible ascension sociale de l'inventeur de la glaçure, elle n'a plus guère de significations dans une société sans classes. Le mythe Palissy a vécu. Le voilà revenu à son origine, à son plancher en quelque sorte.

Les chercheurs de cette fin du XXᵉ siècle seraient pourtant bien avisés de reconnaître en Palissy l'un de leurs grands précurseurs. Il a en effet disparu sans laisser de disciples et en emportant dans la tombe tous ses secrets de fabrication, ce qui n'est pas sans rappeler l'inquiétante exigence de secret à laquelle, en raison des implications industrielles de leurs recherches, de nombreux chercheurs sont tenus aujourd'hui [4]. « As-tu pas veu aussi les esmailleurs de Limoges, lesquels par faute d'avoir tenu leur invention secrète, leur art est devenu si vil qu'il leur est difficile de gaigner leur vie au prix qu'ils donnent leurs œuvres ? » demandait Palissy. Une question dont notre technoscience a parfaitement saisi le sens, au risque d'entraver une des principales missions de la recherche scientifique, celle de disséminer librement le savoir.

4. ... y compris les « céramistes » actuels. Le chercheur américain Paul Chu, un des inventeurs des céramiques supraconductrices à haute température, n'a pas eu droit au prix Nobel qui a couronné cette découverte, mais a commis un fâcheux lapsus dans une publication : en écrivant Yb (l'ytterbium) au lieu de Y (l'yttrium), on peut soupçonner qu'il aiguillait ses collègues chimistes sur une fausse piste, le temps de s'assurer des brevets afférents à son invention.

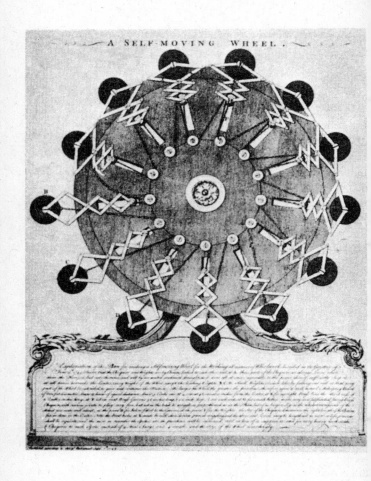

Cette roue perpétuelle de 1749, ingénieuse et belle, a tout ce qu'il faut pour fonctionner. Et pourtant, elle ne tourne pas !

Le mouvement perpétuel

Tous les bébés, récapitulant en cela l'évolution de l'humanité, ont leur âge de la roue. Couchés au ras du sol, tenant d'une main une petite voiture, ils peuvent passer un temps infini à observer une roue tourner dans un sens, s'arrêter, puis tourner dans l'autre. Quelques années plus tard, les plus pragmatiques rejoueront à ce jeu délicieux au volant de leur puissante limousine ; d'autres, plus rares, consacreront de longues heures, et parfois leur fortune, à mettre au point non pas une roue qui tourne, mais LA roue, celle qui tourne sans jamais s'arrêter, transformant ainsi leur indicible fascination enfantine en extase cosmique. En un mot comme en mille, ils vont se lancer à la poursuite du mouvement perpétuel.

S'il est un mythe qui a la vie dure, c'est bien celui-là ; on en trouve les premières traces au Ve siècle, dans un manuscrit sanskrit, publié en Italie sous le titre *Siddhanta Ciromani*. Il resurgit au XVe siècle dans l'*Antrum Magico Medicum* de l'Italien Marc-Antoine Zimara, au XVIe dans *Le Diverse e Artificiose Macchine* d'Agostino Ramelli, au XVIIe dans le *Theatrum Machinarum Novum* de l'Allemand Georg Böckler et, de façon plus inattendue, chez le grand Newton lui-même qui rêve de « réfléchir ou réfracter les rayons de la gravité » afin de « créer le mouvement perpétuel ». Ensuite, la machine est pour ainsi dire lancée : l'étude très documentée de l'historien des techniques américain Arthur Ord-Hume montre que ces recherches atteindront leur apogée à la fin du XIXe siècle et ne décroîtront que très lentement au XXe. Malgré la décision de l'Académie des sciences de Paris – dès 1775 – de ne plus accepter aucun mémoire sur le mouvement perpétuel (ainsi que sur la quadrature du cercle et la trisection de l'angle), des milliers de brevets continueront à être pris jusqu'en 1911 en Angleterre et aux États-Unis où – on ne sait jamais – les demandes écrites étaient examinées à condition qu'elles soient accompagnées d'une machine en état de marche.

Comme une ombre discrète, les machines à mouvement perpétuel suivent fidèlement les progrès de la mécanique. Au Moyen Age, il s'agit essentiellement de moulins à eau : actionnant une vis d'Archimède (ou vis sans fin...) qui fait remonter l'eau qui vient de les faire tourner, ils se multiplient sur le papier vélin des premiers traités de mécanique. Puis ce sont des moulins à vent, actionnant un soufflet qui les actionne eux-mêmes. Puis des pendules articulés d'une grande complexité, avec des cames huilées, des roulements diamantés et des poids habilement placés. Des aimants baladeurs, des tubes capillaires, des enchaînements d'éponges qui se gorgent d'eau puis la libèrent lorsqu'elles sont pressées, précèdent une cohorte de machines électriques qui pointent leurs fils spiralés et leurs contacts de cuivre dès l'invention de la pile par Volta, en 1800. Tous ces engins sont bien sûr victimes des frottements et des impitoyables lois de la mécanique, mais, loin d'être un cimetière à illusions perdues, le musée des machines perpétuelles constitue un merveilleux hymne à l'ingéniosité humaine dont la pièce maîtresse, une grosse pendule visible au Victoria and Albert Museum de Londres, date des années 1760.

Son constructeur, James Cox, est un horloger et fabricant d'automates de génie, le contemporain méconnu et l'égal (au moins) du célèbre John Harrison qui inventa le chronomètre. Il est en tout cas bien davantage qu'un technicien, puisqu'il déclare que sa pendule perpétuelle fonctionne *« by an union of mechanic and philosophic principles »*. De fait, sa source d'énergie n'est ni l'eau, ni le vent, ni le magnétisme, ni l'électricité, mais les variations de la pression atmosphérique : il s'agit d'un énorme baromètre contenant près de 80 kg de mercure, doté d'un flotteur actionnant, par un très ingénieux sys-tème d'engrenages, le remontage du poids de l'horloge, au gré des hautes et des basses pressions. Les physiciens protesteront qu'il ne s'agit pas réellement d'un mouvement perpétuel puisque la machine n'est pas isolée, et les météorologues objecteront que l'horloge doit finir par s'arrêter si elle est pla-cée dans une région de marais barométrique, tel le pot au noir équatorial, où la pression varie fort peu. Toujours est-il que la pendule de Cox, si elle n'avait été démontée et vidée de son mercure, fonctionnerait encore aujourd'hui et continuerait à le faire jusqu'à ce que ses montants de bois veuillent bien pourrir.

L'horloge de Cox n'interrompit en rien les recherches sur le mouvement perpétuel ; sans doute n'était-elle pas assez « philosophique », puisqu'elle faisait appel à une source d'énergie extérieure – en l'occurrence l'atmosphère. La loi de la conservation de l'énergie, qui stipule que l'énergie d'un système isolé peut changer de forme, mais en aucun cas aug-menter ou diminuer, n'y mit pas non plus un frein. Et pas davantage la démonstration de l'impossibilité du « vrai » mouvement perpétuel, que donne magistralement, en 1824, Nicolas Léonard Sadi Carnot, dans ses *Réflexions sur la puissance motrice du feu et les machines propres à dévelop-per cette puissance*. Cet opuscule de 118 pages insiste sur une dissymétrie fondamentale de la nature : alors qu'il est pos-sible de transformer intégralement de l'énergie mécanique en chaleur, l'inverse ne se fait qu'avec un rendement dérisoire. Le rendement maximal du plus moderne des moteurs de voi-ture, par exemple, dépasse à peine 25 %, la majeure partie de l'énergie de la combustion de l'essence servant à user le moteur et à échauffer l'atmosphère. Pour parvenir à cette remarquable conclusion, qui a des répercussions bien au-delà de la seule thermodynamique – en biologie entre autres –, Carnot prend l'exemple d'un moulin, actionné par la chute du calorique (la « chaleur » de l'époque) d'une source chaude à une source froide. Commencée par une réflexion sur les moulins, l'histoire du mouvement perpétuel, c'est bien naturel, finit par un moulin.

Point final ? Pas tout à fait. Comme la conservation de l'énergie n'est pas une loi physique, mais un principe, tout espoir n'est pas perdu. Ainsi que l'expliquait le physicien Max Planck : « Le principe de conservation de l'énergie, après tout, est une loi expérimentale. Donc, bien qu'aujourd'hui on le tienne pour universel et embrassant tous les cas possibles, sa validité pourrait quelque jour se voir restreinte ; de sorte que le problème du mouvement perpétuel pourrait alors devenir tout à coup un vrai problème. » En attendant cet événement, le mouvement perpétuel, chassé des moulins, des horloges et des moteurs, s'est réfugié dans les atomes (où les électrons – bien que dans des états quantiques « stationnaires » – n'arrêtent pas de tourner depuis des milliards d'années) et singulièrement dans ces fragiles et inquiétantes merveilles de la technologie que sont les surgénérateurs nucléaires. Ces machines auraient sans doute fasciné James Cox puisqu'elles produisent davantage de matière fissile (mais pas plus d'énergie) qu'elles n'en consomment. Mais l'atome, ce n'est pas du jeu, diront avec raison les purs et durs, et Super-Phénix n'évoque en rien l'indicible merveille que serait une machine vraiment autonome, fonctionnant hors de toute source d'énergie – l'absolu nirvana mécanique, l'âme éternelle de la machine se moquant comme de l'an quarante des frottements et du deuxième principe de la thermodynamique.

De toute évidence, ce à quoi rêvaient et rêvent toujours les adeptes du mouvement perpétuel n'a rien de mécanique. Comme Aristote imaginant, au-delà de la sphère des étoiles fixes, un « Premier Mobile », cause divine du mouvement des planètes, ils veulent isoler l'âme du mouvement. Ce qu'ils cherchent est en toute simplicité, et en modèle réduit, le secret de la vie. Un écrit datant du IXe siècle, de l'alchimiste arabe Jabir ibn Hayyan, qui se proposait d'assembler des matières organiques dans une sphère en mouvement perpétuel pour recréer l'être vivant, montre que l'obsession du mouvement perpétuel est moins risible qu'il n'y paraît : elle n'est pas pour rien dans le développement de la mécanique, et elle est pour beaucoup dans celui de la biologie. Qui osera dire que les mythes sont de futiles constructions de l'esprit ?

Certes pas les chercheurs en intelligence artificielle, qui sont les dignes descendants d'Ibn Hayyan et de James Cox. Alors que ces derniers cherchaient désespérément l'esprit dans la machine, les spécialistes de l'« IA » et de la « vie artificielle » construisent des machines qui simulent l'esprit. Si le silicium des puces électroniques et autres « réseaux de neurones » a remplacé les engrenages bien huilés, la quête de la machine pensante ressemble comme une sœur à celle du mouvement perpétuel. Il est ainsi piquant de constater que, si le mouvement perpétuel ne « marche » pas, son mythe, lui, « tourne » depuis des siècles. Le principe de conservation de l'énergie, de toute évidence, ne s'applique pas aux objets mythiques. Le grand Victor Hugo l'exprimait excellemment dans *L'Art et la Science* : « La science cherche le mouvement perpétuel. Elle l'a trouvé ; c'est elle-même. »

Isaac Newton vu par un peintre japonais, ou la preuve que le grand homme portait des pantalons à pattes d'éléphant et que, de l'autre côté de la Terre, les pommes tombent aussi.

© Coll. S. Drake.

La pomme de Newton

C'est l'objet le plus célèbre du folklore scientifique. Les Beatles en firent le logo de leur compagnie de disques. Une grande marque d'ordinateurs en donne une variété déjà croquée. On la retrouve – gage d'universalité – dans la *Rubrique à brac* de Gotlib, invariablement dessinée juste avant son impact sur le crâne du sévère Isaac en costume d'époque. Elle est même tombée, en même temps que dans le langage courant, dans l'encyclopédie Larousse sous la rubrique « Allusion historique ». La fameuse pomme aperçu un jour en chute libre dans un verger du Lincolnshire est exactement aussi célèbre qu'Isaac Newton, et beaucoup plus en tout cas que l'attraction universelle dont elle fut, paraît-il, le révélateur. Il est vrai que les pommes peuvent être mises à toutes les sauces – en musique, en informatique, en politique – avec un impact assuré. Car la pomme n'est pas un fruit, c'est le fruit par excellence, gorgé de toutes les vertus campagnardes et à peine détaché de son arrière-fond biblique au goût excitant de péché originel.

L'histoire de la pomme fonctionne si bien, et symbolise si parfaitement les révolutions conceptuelles qui peuvent surgir de l'observation d'un objet ordinaire, que l'on hésite à la mettre en question. A un ami qui lui demandait s'il avait effectivement pris le Transsibérien, Blaise Cendrars répondit : « Qu'est-ce que ça peut te faire puisque je te l'ai fait prendre ? » Tous les biographes du grand physicien s'accordent cependant sur un point : Newton n'a vu la pomme tomber qu'en 1726, à la veille de sa mort, alors que l'anecdote situe l'événement en 1666, année où il entreprit – toujours selon des écrits très tardifs – « d'étendre la gravité jusqu'à l'orbite de la Lune ». De fait, la pomme ne peut être dissociée de notre satellite, la question originelle étant : si la pomme tombe, pourquoi la Lune ne tombe-t-elle pas ? Et la réponse est que non seulement la Lune tombe (un objet en mouvement circulaire ne cesse de tomber vers le centre du cercle), mais qu'elle tombe, tous calculs et corrections de distances effectués, de la même façon qu'une pomme. Une fois la Lune remise à sa place (derrière la pomme), on peut s'interroger sur la véracité de l'anecdote et sur ses circonstances.

William Stukeley, futur auteur des *Memoirs of Sir Isaac Newton's Life*, rapporte l'histoire à la date du 15 avril 1726 : « Après souper, le temps clément nous incita à prendre le thé au jardin, à l'ombre de quelques pommiers. Entre autres sujets de conversation, il me dit qu'il se trouvait dans une situation analogue lorsque lui était venue l'idée de la gravitation. Celle-ci avait été suggérée par la chute d'une pomme un jour que, d'une humeur contemplative, il était assis dans son jardin. » La personnalité de Newton, être froid et hautain qui rendit à dessein la plupart de ses textes inaccessibles en les truffant d'équations « de façon à ne pas être importuné par les médiocres mathématiciens », cadre mal avec une métaphore aussi clairement vulgarisante. Stukeley, qui se piquait de connaître les mathématiques, est d'ailleurs surpris par l'audace du raccourci, dont le ton est bien éloigné des savantes pensées qu'il échange ordinairement avec Sir Isaac ; il perçoit sans doute que l'anecdote ne lui est pas destinée et qu'il n'en est pas le premier auditeur. Seule une personne assez ignorante en matière de science, et assez proche pour susciter les confidences, a pu « extirper » à Newton l'histoire de la pomme. Selon toute vraisemblance, il s'agit de sa nièce bien-aimée, Catherine Conduitt, la seule personne de sa famille qui ait eu avec lui la moindre intimité et la seule femme, sans doute, à l'avoir jamais approché. Les *cartoo-*

nists de l'époque ne se privèrent d'ailleurs pas de rapprocher dans leurs dessins l'absolue misogynie du vieil oncle (jamais, assurent ses biographes, il ne fit l'amour) des charmes célèbres dans tout Londres de la jeune et belle Catherine. Jonathan Swift lui fit les yeux doux (« Je l'aime plus que quiconque... », confia-t-il à son journal) et Rémond de Monmort, membre du conseil de régence, avoua : « J'ai gardé la plus magnifique idée au monde de son esprit et de sa beauté. » Voltaire lui-même écrivit : « J'ai cru dans ma jeunesse que Newton devait sa fortune à son mérite [...] Nullement, Isaac Newton avait une très charmante nièce, Mme Conduitt, qui fit la conquête du ministre Halifax. Les fluxions et la gravitation n'auraient servi de rien sans la charmante nièce. » Lord Halifax était bien le protecteur de Newton et l'amant probable de Catherine, mais il faut toute la mauvaise foi d'un Voltaire, et son incapacité à résister au plaisir d'un bon mot, pour attribuer une telle cause au succès de l'attraction universelle.

La logique est donc sauve : il y a bien une femme derrière l'histoire de la pomme, histoire qu'elle a peut-être – nul ne le saura jamais – inventée de toutes pièces. Mais il y a mieux. Catherine est encore là lors de la mort de son oncle. Elle va même faire office d'exécuteur testamentaire et conserver, entre autres, une malle qui n'avait pas quitté Newton depuis son départ de l'université de Cambridge, où le grand homme avait passé les premières années de sa vie. C'est à un évêque que l'on confie le soin d'inspecter le contenu de la malle, mais un rapide examen suffit à l'effarer : « Rempli d'horreur » (sic), il referme violemment le couvercle. La malle restera dans la famille jusqu'en 1936, quand Lord Lymington, le descendant de Catherine, la vend aux enchères. Outré par ce « manque de piété filiale », un économiste célèbre, John Maynard Keynes, rachète la majeure partie du contenu : des milliers de pages d'écrits alchimiques et théologiques !

Le volume de ces manuscrits ésotériques est à peu près équivalent à celui des travaux scientifiques de Newton. Dans son laboratoire de Cambridge, il s'adonnait non pas à la « chimie vulgaire », mais à la quête du secret de la vie. Entouré de cornues et attisant des fourneaux qui restaient, selon l'unique aide admis à pénétrer dans l'antre, « allumés plus de six semaines d'affilée au printemps et à l'automne », Isaac tenta d'isoler le *vegetable spirit*, une partie de la matière (vivante ou minérale) « *excessivement subtile* et d'une *petitesse inimaginable* sans laquelle la terre serait morte et inactive ». Parmi les diagrammes cabalistiques représentant la pierre philosophale, Keynes trouve aussi un *index chemicus* répertoriant tous les corps connus des alchimistes, ainsi qu'une longue liste de phrases tirées des saintes Écritures et assorties de leurs significations dans diverses langues.

Newton est persuadé que la doctrine ancienne a été corrompue et il en cherche le sens originel avec cette même puissance d'analyse et de concentration qui fit le succès de ses travaux scientifiques. Car c'est bien le même Newton qui cherche la pierre philosophale et découvre les secrets de la gravitation (« une sorte d'esprit *très subtil* caché dans la substance des corps ») et de la lumière (constituée de « multitudes de corpuscules d'une vitesse et d'une *petitesse inimaginables* »). Ironie de l'histoire, la gravitation est plus mystérieuse encore que la pierre philosophale : contrairement aux autres forces de la nature qui s'intègrent dans un cadre théorique commun, elle reste aujourd'hui une énigme qui empêche toujours les physiciens de dormir.

Pourquoi dire que Newton était un magicien *(s'interroge Keynes)* ? A cause du regard qu'il portait sur l'univers et ce qu'il contient : c'était pour lui une énigme, un mystère que l'on pouvait déchiffrer en appliquant sa pure pensée à certains indices mystiques disposés par Dieu dans le monde afin d'offrir une espèce de chasse au trésor philosophique à la confrérie ésotérique.

Foin des histoires de pomme, c'est bien dans sa malle que se trouvent les secrets de Newton, et c'est bien à sa nièce que l'on doit de connaître les deux.

Merci Catherine.

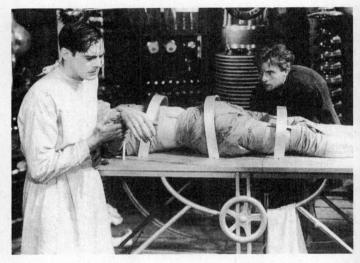

Mary Shelley, son mari Shelley et Lord Byron assistent, épouvantés, à la naissance de leur rejeton, qui connaîtra une belle fortune littéraire et scientifique.

Frankenstein

Les amateurs de romans policiers et de récits d'épouvante savent qu'il faut se méfier de l'imagination romanesque des vieilles ladies qui sont capables, entre deux tasses de thé – encore un peu de lait ? –, de concocter des histoires à vous glacer le sang. Le délire romantique des jeunes Anglaises, quelque peu galvaudé chez les lycéens suite à l'avènement des séjours linguistiques à l'étranger, ne doit pas moins susciter la méfiance. Quand l'adorable Mary Godwin, dix-neuf ans, prend la plume un soir d'orage de 1816 dans un chalet suisse au bord du lac Léman, c'est pour écrire une histoire terrifiante dont le héros mythique incarne, aujourd'hui plus que jamais, les pires égarements de la science : Frankenstein.

Le mot à lui seul suffit à zébrer le ciel d'éclairs, à faire résonner sous les voûtes d'un sombre château le rire sardonique d'un odieux savant fou et à laisser deviner, dans l'ombre froide, la silhouette hésitante d'un monstre affreusement couturé joué par Boris Karloff. Et pour cause : cette série d'images nous vient du cinéma, essentiellement du *Frankenstein* de James Whale de 1931, bien davantage que du livre de Mary Godwin Shelley, dans lequel Victor Frankenstein, jeune étudiant très doué qui n'a rien d'un savant fou, assemble avec beaucoup d'habileté – dans une soupente de l'université d'Ingolstadt et non dans les souterrains d'un château moyenâgeux – des fragments de cadavres. Mais le livre a été si bien investi de fantasmes divers, détourné et vidé de sa substance qu'il n'en reste qu'un mot – son titre –, et qu'une morale : méfiez-vous des savants. Cet escamotage est essentiel à l'apparition du mythe ; ce n'est que lorsque l'œuvre initiale est devenue une coquille vide qu'il devient possible d'y mettre ce que l'on souhaite et d'en assurer ainsi – paradoxalement – la postérité. A ce titre, le *Frankenstein* de Mary Shelley est exemplaire : il ne s'agit ni d'un livre sur les pouvoirs de la science, ni d'une œuvre d'imagination.

De nombreux lecteurs se sont même demandé s'il s'agissait d'un livre de Mary Shelley. De fait, on ne peut douter que son époux Percy Bysshe Shelley, révolté libertaire, héritier sans le sou d'une grosse fortune, et Lord Byron [5], don Juan cynique et poète maudit, se soient penchés sur son berceau, mais seule la douce Mary, on le verra, était capable de l'écrire. Le prétexte scientifique de l'ouvrage – un monstre résultant des pouvoirs conjugués de la chimie et de l'électricité – vient de toute évidence de Shelley. Grand lecteur, entre autres, d'Erasmus Darwin (le grand-père de Charles), de Voltaire et de Diderot, il se passionnait pour les travaux de Humphrey Davy, qui isolait à cette époque des corps purs par électrolyse, et pour ceux de Faraday, d'Œrsted et d'Ampère, dont les surprenantes expériences établissaient un lien entre l'électricité et le mystérieux magnétisme, alors considéré par beaucoup comme le principe même de la vie. Et il connaissait l'expérience de l'Italien Luigi Galvani qui, en 1791, crut avoir trouvé l'« électricité animale » : sur sa table de dissection où se trouvaient des machines électriques, il observa qu'une grenouille écorchée se mettait à tressaillir au contact d'un scalpel.

S'il faudra toute l'astuce d'un Volta pour expliquer le phénomène, enterrer la théorie de Galvani, et accessoirement inventer la pile électrique, cette troublante expérience n'en reste pas moins symbolique d'un des premiers liens entre physique et biologie. Or Shelley, dès son plus jeune âge, posséda

---

5. La présence de Lord Byron dans une mythologie scientifique se justifie doublement : il a participé à la naissance de Frankenstein et, plus directement, à celle de Lady Ada Lovelace, sa première fille, qui deviendra l'assistante du pionnier de l'informatique Charles Babbage, et donnera son prénom à un langage de programmation.

une machine électrostatique avec laquelle, selon ses bio-graphes, il électrisait ses petites cousines consentantes, puis il ajouta à sa panoplie un microscope, une pompe à vide, ainsi que le nécessaire du parfait chimiste. L'idée de remplacer le cadavre de la grenouille par celui d'un homme en pièces déta-chées vient donc clairement de Shelley, qui s'enthousiasmait, comme tout un chacun en ce début de XIXᵉ siècle, pour les fas-cinantes avancées de la science. Pour autant, il n'aurait pu écrire *Frankenstein*.

« Avec une anxiété qui devint une agonie, je réunis les ins-truments de vie pour en communiquer une étincelle à la chose inanimée couchée à mes pieds. Il était déjà une heure du matin. La pluie fouettait lugubrement les carreaux, quand, à la lumière à moitié éteinte de ma bougie, je vis s'ouvrir les yeux jaunes et mornes de la créature. Elle respira profondément et un mou-vement convulsif agita ses membres. » Le jeune Victor Fran-kenstein s'est appliqué : les membres sont proportionnés, les cheveux d'un noir brillant et les dents blanches comme des perles, mais « ces splendeurs contrastaient d'une façon plus horrible encore avec ses yeux larmoyants et sans couleur, son visage ridé, le trait noir qui formait ses lèvres ». Sous l'emprise d'une horreur indicible, Victor abandonne derechef sa créature et cherche l'oubli pendant de longs mois dans l'étude des poètes orientaux.

Le monstre orphelin et sans nom s'emploie lui aussi à étu-dier, à travers les planches disjointes d'une pauvre cabane près de laquelle il s'est réfugié, les sentiments élevés et le bonheur tout simple d'une famille frappée par le sort, et qu'il finira par faire rôtir (non pas pour la manger : il ne se nourrit que de glands[6]) avant de partir pour la Suisse. Là, il retrouve Victor qui se refuse obstinément à lui fabriquer une fiancée et dont il se venge méthodiquement, malgré les fuites éperdues de son malheureux créateur aux quatre coins de l'Europe, en supprimant un à un tous ceux qu'il aime. Brisé, le malheu-

6. Mary et Shelley étaient des végétariens convaincus...

reux Victor expire au terme d'une ultime poursuite en traî-
neau à chiens, sur la banquise de l'Arctique. Le monstre,
pour lequel le lecteur se prend d'une grande sympathie,
décide alors de s'immoler par le feu au pôle Nord exactement
– sans préciser comment il s'y procure du bois. Prophétique,
cette histoire remarquable l'est de toute évidence : il suffit de
remplacer la créature vengeresse par des déchets nucléaires à
vie longue, ou par des bactéries génétiquement manipulées
dont on ignore l'impact écologique, pour retrouver aujour-
d'hui des monstres tout aussi terrifiants.

Pourtant, ni Mary, ni Shelley, ni Byron n'imaginaient sans
doute des horreurs pareilles. Si *Frankenstein* est prophétique,
c'est d'une autre façon : il suffit pour s'en convaincre d'évoquer l'extraordinaire histoire de « ses » auteurs, histoire dont
les péripéties sont incomparablement plus riches et surprenantes que celles du roman. Idéaliste enragé, Shelley est un
jeune rebelle que ne parviennent à mater ni les maîtres
d'Eton, ni ceux d'Oxford. Exclu de l'université pour ses
outrances et ses positions athéistes, renié par son baronnet de
père, il enlève, à dix-sept ans, la jeune Harriet Westbrook
qu'il épouse en Écosse avant de lui faire un enfant en Irlande.

Vite lassé, il est victime d'un coup de foudre (réciproque)
pour la belle Mary Godwin « aux yeux noisette », quinze ans,
fille d'un de ses maîtres à penser, le théoricien révolutionnaire
William Godwin, et de la célèbre féministe Mary Wollstone-
craft. Après un nouvel enlèvement, à quatre heures du matin,
il se lance, à dos d'âne, dans un pitoyable périple à travers
la France (ravagée par la guerre), la Suisse, l'Allemagne et la
Hollande, avec Mary et sa sœur Claire. Mary perd son premier enfant, Claire s'entiche du grand Byron, accusé d'inceste,
et tous s'exilent en Suisse alors que, victimes du charme
dévastateur de Shelley, une autre sœur de Mary se suicide et
que Harriet est retrouvée noyée. Le trio infernal, plus que
jamais en quête d'utopie, part pour Venise où meurt la fille de
Claire et de Byron, pour Rome où périt le deuxième enfant
de Mary, pour la Toscane enfin où le corps de Shelley, rejeté à

la côte par une des imprévisibles tempêtes dont la Méditerranée a le secret, est brûlé sous les yeux de Byron et de Mary. La cérémonie a non seulement fortement impressionné les participants, mais aussi les lecteurs du récit qu'en a fait l'un d'eux, Thomas Medwin, dans ses *Conversations de Lord Byron*. Un exemplaire de l'auteur conservé en Italie, face au passage où Byron et ses amis sont frappés par le curieux vol d'un courlis qui, pareil au « bon oiseau » des chants grecs tournant autour des cadavres des braves, décrit des cercles au-dessus du bûcher, porte en marge l'annotation éclairante d'un lecteur italien : *Era il demonio !*

Les suicides, les morts d'enfants, les fuites éperdues, l'immolation par le feu… Mary avait tout prévu cinq ans plus tôt dans son étonnant roman, qui ne fait pas le procès de la science mais celui de la frilosité sociale qui a fini par avoir raison de la microsociété futuriste qu'elle avait tenté de former avec Shelley et Byron. Il est vrai que l'amour hors du commun qui liait Mary et Shelley inclut plusieurs aventures libres que la morale ne manqua pas de réprouver, Byron pratiquant assidûment, quant à lui, un « strict adultère » avec diverses comtesses italiennes. L'interprétation biographique, en tout cas, a l'attrait de la simplicité : le charmant et génial Victor Frankenstein n'est autre que le divin poète Shelley lui-même ; le monstre est le duo diabolique qu'il formait avec Byron (« Quand Byron parle et que Shelley ne répond pas, écrivait Mary, cela ressemble au tonnerre sans la pluie »), et dont le seul crime est d'avoir voulu mettre en pratique des théories révolutionnaires dans une société qui n'était nullement prête à les accueillir. Mary, quant à elle, est l'auteur d'une autobiographie à peine romancée nommée *Frankenstein*, récit véridique d'une terrible aventure qu'elle était seule à pouvoir anticiper et rapporter. Revenant à Genève en 1840, elle confiera à son journal : « Toute ma vie, depuis, n'a été qu'une irréelle fantasmagorie. Les ombres qui se rassemblaient autour de ce décor étaient les réalités… »

L'étrange alchimie par laquelle le nom « Frankenstein » en

est venu à désigner le monstre, et non son créateur, s'explique aussi d'elle-même : tous deux sont une seule et même personne, ce que comprendra très bien, un demi-siècle plus tard, Stevenson avec son *Dr Jekyll et Mr Hyde*. Quant à la dangereuse quête qui portait Shelley et Byron vers leur propre destruction, elle n'a d'autre exemple aujourd'hui, dans un siècle qui ne croit plus guère aux vertus de la poésie et qui se méfie beaucoup des utopies sociales, qu'une science avançant implacablement, de succès merveilleux en catastrophe foudroyante, vers sa propre négation.

En relatif sommeil tout au long du XIXᵉ siècle, époque bénie du scientisme triomphant, Frankenstein est comme par hasard ressorti de son laboratoire pour envahir les salles de cinéma entre les deux guerres mondiales, quand les vrais monstres engendrés par le progrès scientifique ont commencé à dévoiler leurs vrais visages... De même qu'à l'origine des armes chimiques se trouve une recherche on ne peut plus humanitaire, et que la bombe atomique résulte d'une recherche désintéressée des secrets de la matière, en filigrane derrière la face suturée du monstre transparaît le beau visage inquiet d'une jeune fille aux yeux noisette. Cette obsédante dualité de la Belle et de la Bête, de la jeune fille et de la mort, n'a pas fini de faire vibrer nos angoisses les plus secrètes.

Le personnage assis sur la table : « Puisque je suis un homme, Sir, qu'est-ce que ça peut m'faire si mon bisaïeul était un singe anthropoïde ? »
L'autre : « Well... Ça a dû être plutôt désagréable pour votre bisaïeule, non ? »

Dessin paru dans *Punch* en 1873.

Le chaînon manquant

Le mythe est insatiable, son appétit multiforme. Non content d'engloutir des baignoires, des pommes, voire des formules mathématiques, il en vient parfois à se nourrir d'un vide, d'une absence, d'un manque. Le célèbre chaînon, toujours aussi manquant qu'en 1860, n'a cessé depuis un bon siècle de déchaîner les passions.

Darwin hésita longtemps – plus de vingt ans – à publier son *Origine des espèces*, ouvrage fondateur de la théorie de l'évolution. On le comprend : rares sont les théories scientifiques à avoir eu un impact aussi déterminant. De fait, si Laplace n'avait pas eu besoin de l'hypothèse Dieu pour construire son système du Monde, Darwin fit mieux (ou pire ?) en montrant l'inutilité d'un Créateur. Selon le docteur Freud, qui s'y connaissait en matière de théorie fracassante, Copernic a retiré à l'homme le privilège d'être au centre de l'univers, Darwin celui d'avoir fait l'objet d'une création particulière. Plus rares encore sont les théories scientifiques aussi subtiles. D'abord, il ne s'agit pas d'une théorie unique, mais d'un ensemble cohérent de propositions de natures différentes, allant de la sélection naturelle au gradualisme (modification progressive d'une population donnée) et à l'affirmation d'une ascendance commune à toutes les espèces actuelles. Dans ce corpus pour le moins foisonnant, certaines idées allaient clairement à l'encontre de l'idéologie ambiante. Outre l'absence remarquable de création divine dans *L'Origine des espèces*, le passage graduel de l'orang-outan à l'homme (blanc !), la « race impériale », ne laissa pas d'inquiéter. L'idée de l'évolution était dans l'air, mais un tel mélange des genres et des espèces était absolument inacceptable.

Dès 1799, Charles White proposait lui aussi une évolution graduelle, baptisée « grande chaîne des êtres », qui permettait de passer de la mouette aux grands singes et du « nègre » ou du « sauvage américain » à l'Européen, mais en aucun cas du singe à l'homme. Remettre ce dernier à sa place parmi des animaux sans âme était à la fois sacrilège et contraire à une notion qui allait faire fureur tout au long du XIXe siècle, celle de progrès. Il convenait donc de contrecarrer au plus vite ces idées radicalement nouvelles en les attirant sur le terrain adverse où elles devraient révéler clairement leurs faiblesses. De fait, si l'évolution au sens que lui donnait Darwin est facilement observable au sein d'une même espèce, elle est beaucoup plus délicate à mettre en évidence d'une espèce à l'autre. Si l'homme descend du singe et si l'évolution s'est faite de façon continue, où sont les singes presque hommes et les hommes presque singes ? ne manquèrent pas d'objecter les adversaires de Darwin. En terrain miné, celui-ci reconnut que « la distinction bien nette des formes spécifiques et l'absence d'innombrables maillons de transition les reliant les unes aux autres est une difficulté évidente ».

Il souligna ensuite que nous ne connaissons qu'une infime proportion des fossiles existants, argument qui ne pouvait en aucun cas satisfaire ses opposants mais qui n'en est pas moins bien réel. Les tenants actuels de la théorie synthétique de l'évolution affirment que les grandes nouveautés évolutives ont dû apparaître au sein de populations réduites et à taux d'évolution rapide, ce qui diminue d'autant les chances d'en retrouver des fossiles. Toujours est-il que, malgré un siècle de découvertes paléontologiques, les maillons manquent toujours entre l'homme et le singe ou le mouton et l'autruche, les espaces qui devaient les accueillir s'étant même sensiblement élargis.

Darwin proposa bien un cheval à trois doigts nommé *Hipparion* qui faisait aux chevaux actuels un ancêtre très présentable, un *Zeuglodon* qui hésitait entre le carnivore et la baleine, ou un *Archaeopteryx* aussi reptile qu'oiseau, mais seul ce dernier a plus ou moins tenu le choc des études paléontologiques. De toute évidence, la tranquille continuité proposée par Darwin avait du plomb dans l'aile. Elle est aujourd'hui largement réfutée par les « saltationnistes » (adeptes du saut évolutif) et les tenants des « équilibres ponctués » (brusques floraisons d'espèces dont la majeure partie est décimée par des extinctions contingentes), qui expliquent que les chaînons ne manquent pas et qu'à vrai dire il y en aurait même trop. Entre quelles espèces l'ornithorynque pourrait-il faire office de trait d'union ? et les vers géants *Riftia*, sans bouche ni tube digestif, qui balancent leurs 2 m de hauteur à 3 000 m de profondeur ? et la dizaine d'animaux stupéfiants (l'un d'eux s'appelle *Hallucigenia*) trouvés dans le schiste de Burgess, en Colombie-Britannique ? Croulant sous les chaînons surnuméraires, les paléontologues s'accordent aujourd'hui sur le fait qu'il n'y a pas de chaîne unique, aux maillons à peu près égaux, reliant l'homme à la coquille Saint-Jacques, mais un buissonnement d'espèces soumis à un constant élagage au rythme impitoyable (et aveugle) des grandes extinctions.

Il n'est pas innocent que la grande chaîne des êtres, analogie mécaniste typiquement fin de (XIXᵉ) siècle, ait été remplacée par une métaphore végétale et buissonnante plus *ecologically correcte*. De fait, le chaînon manquant est emblématique d'une époque et d'une société – celle de l'Angleterre victorienne – qui a jugé insupportable d'apprendre que ses lords, qui prennent pourtant le plus grand soin de leurs arbres généalogiques, avaient les mêmes ancêtres que les petits paysans du Worcestershire, lesquels n'élaguent que leurs pommiers, voire que les sauvages d'Afrique, qui grimpent aux arbres. La quête du chaînon manquant devenait dès lors une question d'honneur… résolue d'avance. Car l'ancêtre de l'homme, s'il existe, ne peut qu'être une brute, un monstre dépourvu des mille raffinements de l'esprit qui nous caractérisent. Sous prétexte de rechercher une origine, il s'est agi en fait de prouver que l'homme ne pouvait en aucun cas descendre des animaux. Le chaînon se devait d'être manquant, sous peine d'imposer une radicale révision de l'évidence : au sommet de l'échelle des êtres trône *Homo Sapiens sapiens*, installé là on ne sait trop comment par un Dieu qui n'a pas fini de s'en mordre les doigts.

Tout a failli rater, en 1912, quand deux paléontologues. Charles Dawson et Pierre Teilhard de Chardin, trouvèrent dans une carrière des Cornouailles, à Piltdown, un crâne et une mâchoire assez simiesques. Heureusement, le crâne (humain) datait du Moyen Age et la mâchoire, aux dents habilement limées, avait été empruntée à un orang-outan. Autre sujet de frayeur : l'étonnant cœlacanthe, pêché aux Comores en 1938, dont les nageoires-pattes et les narines internes ont aussitôt réactivé le mythe. Par bonheur, le fossile vivant (plus pour très longtemps – il en reste environ deux cents) s'est avéré être, une fois de plus, un essai évolutif non abouti. Le mythique chaînon est cependant loin d'avoir terminé sa carrière, chaque découverte de dent, de mandibule ou de rotule d'hominidé réanimant la question originelle : le nouveau fossile est-il un ascendant direct ou une branche latérale de notre arbre généalogique ?

Les seuls véritables chaînons manquants, finalement, se trouvent dans la littérature. Dans *Le Monde perdu* de Conan Doyle, sur *L'Ile du docteur Moreau* de Herbert George Wells ou dans le *Docteur Jekyll* de Robert Louis Stevenson. Désertant le champ scientifique, le chaînon est en effet devenu un précieux ressort dramatique – la quête du coupable remplaçant celle de l'origine. L'un des historiens du chaînon, la Britannique Gillian Beer, insinue même qu'il pourrait avoir donné naissance à la littérature policière. Le mythe aurait-il donc disparu ? Non, chaînon, répondent les anti-évolutionnistes, qui s'emploient activement à le faire prospérer en prétendant que c'est la théorie de l'évolution qui est mythique : « On aurait pu s'attendre qu'une théorie aussi capitale, une théorie qui a littéralement changé le monde, soit autre chose qu'une spécula-

tion métaphysique [...] En fin de compte, la théorie darwi-
nienne de l'évolution n'est ni plus ni moins que le grand
mythe cosmogonique du XXe siècle », écrit le généticien aus-
tralien Michael Denton.

...Curieux jugement de la part d'un généticien, bien placé
pour savoir que le grand mythe de cette fin de XXe siècle est
celui de la génétique. Car du chaînon, nous sommes passés au
génome, cette longue chaîne d'acides nucléiques repliées au
coeur de chacune de nos cellules et dont l'arrangement, nous
dit-on, recèle tous les secrets du vivant. Pourtant n'en déplaise
aux biologistes moléculaires confiants dans la toute-puissance
de l'ADN, l'idée que le séquençage du génome humain, son
décodage gène par gène (maillon par maillon ?), puisse nous
révéler tout ce que nous voulions savoir sur nos origines est
tout aussi naïve que l'hypothèse de Charles White. Elle semble
en tous cas connaître la même destinée, puisqu'elle est déjà
devenue un ressort dramatique de tout premier ordre, comme
en témoigne le succès de *Jurassik Park*. Notons cependant que
son auteur, Michael Crichton, a choisi de ressusciter des dinosaures et non pas notre grand-père australopithèque et sa
dulcinée Lucy. Certes, la plupart d'entre nous ont fini - à
contrecoeur - par admettre que l'homme descendait des animaux, mais le fait que nous nous refusions à envisager un
Pliocène Park peuplé d'hominidés montre que le problème du
chaînon est loin d'être réglé.

Le démon de Maxwell (« au long nez, au teint olivâtre et aux yeux verts ») entraîne Maud, la femme de Mr. Tompkins, à la surface du verre de whisky de son mari. Les boules sont des molécules d'eau, les ellipsoïdes des molécules d'alcool, et la paroi en arrière-plan est celle d'un cube de glace. Se munissant d'une raquette de tennis, le démon va trier les molécules, jusqu'à faire bouillir le whisky.

Dessin de l'auteur, George Gamow, extrait de *Mr. Tompkins explore l'atome*, 1945.

Le démon de Maxwell

Quelle est la composition physico-chimique de l'enfer ? A un curé réclamant vers 1902 une « réponse scientifique » à cette grave question, *L'Ami du clergé*, une revue fondée pour lutter contre la franc-maçonnerie, répond, un peu gênée : « Il doit y avoir une loi, mais Dieu ne l'a pas révélée, car il n'a pas l'habitude de nous révéler des formules scientifics, fort inutiles pour notre conduite. »

En ce début de XXᵉ siècle, l'enfer lui-même n'échappe pas à cette affirmation sur laquelle s'est construite la science moderne : il y a des lois de la nature. Et, lorsque le curé inquiet pose sa question, ces fameuses lois semblent toutes énoncées, à quelques détails près. On ne sait pas encore que Max Planck vient de lever, sans s'en douter[7], le lièvre quantique en introduisant la discontinuité au cœur de la matière. On croit au contraire, tout comme Philipp von Jolly, le professeur de Planck à l'université de Munich, qui déconseille d'ailleurs à son élève l'entrée dans la carrière, que la physique théorique est parachevée par la thermodynamique et que le monde est désormais sans mystères. Du mouvement des planètes aux ondes électromagnétiques, tout semble explicable par les lois de Newton et les équations de Maxwell.

Les unes comme les autres semblent offrir la vision d'un univers dominé par le déterminisme ; une gigantesque horloge dans laquelle tout effet est relié mécaniquement à une

---

7. Précisément, Planck considère que les échanges entre matière et rayonnement se font par paquets qui ne sont pas indéfiniment divisibles.

cause. Dans son *Essai philosophique sur le fondement des probabilités*, paru en 1814, le marquis Pierre Simon de Laplace avait déjà livré à ses contemporains un apologue qui résumera pour longtemps la science du XIXᵉ siècle. Il y énonçait qu'une intelligence connaissant la position et la vitesse de chaque masse dans l'univers pourrait en reconstruire le passé et en connaître parfaitement l'avenir. En mécanique newtonienne, le futur et le passé sont en effet équivalents puisque l'on peut inverser le sens du temps en conservant l'invariance des équations.

Et Dieu dans tout ça ? A Napoléon qui lui demandait pourquoi il ne mentionnait pas le divin créateur dans son *Exposition du système du monde*, Laplace répondit fièrement : « Sire, je n'ai pas eu besoin de cette hypothèse. » On lui rétorquerait volontiers, comme le philosophe Gaston Bachelard, que « l'hypothèse du mathématicien possesseur d'une formule qui réunirait le passé et l'avenir de tous les mouvements est un substitut de l'hypothèse Dieu ». A ceci près que l'« intelligence » qu'il évoquait sera rapidement rebaptisée « démon de Laplace », comme si l'idée de la connaissance absolue fleurait son serpent à cent pommiers de distance. Au lamento du Faust de Goethe, « Ah ! si je pouvais connaître tout ce que la nature cache dans ses entrailles, tout ce qu'il y a pour l'homme au centre de l'énergie du monde… », le marquis, d'ailleurs contemporain du grand homme, répond sans barguigner qu'en principe c'est possible. A condition d'abord de connaître un démon (Faust était bien placé), ensuite et surtout d'accepter l'idée que, si une formule permet de saisir le mouvement de chaque atome, tout peut s'en déduire puisque les systèmes complexes se réduisent à l'addition de systèmes simples.

Bien entendu, tout cela était très illusoire. On cesse, en astronomie, d'obtenir des solutions exactes dès lors que plus de deux astres sont en interaction. Qui plus est, n'importe quel mathématicien actuel peut démontrer sans peine que le déterminisme et la réversibilité de la dynamique ne sont pertinents que dans des cas très simples. Enfin, écrivent Ilya Prigogine et

Isabelle Stengers dans *La Nouvelle Alliance*, « complexité et histoire sont absentes du monde que contemple le démon de Laplace. La nature que suppose la dynamique classique est une nature à la fois amnésique et entièrement déterminée par son passé ». Mais, au XIXᵉ siècle (on verra que même de nos jours le démon a plus d'un tour dans son sac), le déterminisme laplacien est dans l'air du temps : une bonne équation vaut mieux qu'une boule de cristal.

C'est dans ce contexte qu'un deuxième démon fait irruption dans la physique triomphante de l'époque. La boîte dont il va surgir a été fabriquée par Carnot, Clausius, Mayer et quelques autres : c'est la thermodynamique. Le deuxième principe, en particulier, indique qu'il y a forcément dissipation d'énergie lorsqu'il y a travail. A cette dégradation de l'énergie sous forme de chaleur correspond un accroissement de l'entropie, c'est-à-dire du désordre du système : appliqué à l'univers, le second principe implique qu'il s'achemine irrévocablement vers sa mort « thermique », toute son énergie mécanique finissant par se dissiper sous forme de chaleur. Dans un premier temps, la thermodynamique semble renforcer le déterminisme, puisque l'univers lui-même a un avenir tout tracé. Mais comment concilier la réversibilité de la mécanique newtonienne avec l'irréversibilité de la thermodynamique ? D'un côté, l'irréversibilité semble bien en accord avec notre expérience quotidienne : l'embryon devient bébé, le bébé devient homme et la tendance ne s'inverse pas… D'un autre, l'irréversibilité biologique semble plutôt contredire le deuxième principe de la thermodynamique, qui indique que le désordre d'un système va croissant, alors que les organismes évolués ne deviennent pas moins évolués au cours du temps.

Ce paradoxe du temps – qui tient à ce que les êtres vivants ne sont pas des « systèmes isolés » et échappent à ce titre au second principe – laisse songeurs certains physiciens. James Clerk Maxwell, le fondateur de l'électromagnétisme, cherche alors un moyen de mettre en échec le deuxième principe. Il imagine une enceinte séparée en deux chambres reliées par un sas, le gaz contenu dans l'enceinte étant constitué de molécules animées de vitesses différentes. A l'interface entre les deux chambres, un démon (cette fois, c'est Lord Kelvin qui diabolisera le petit être de Maxwell) joue les portiers et ouvre le sas dès qu'il voit une molécule rapide se diriger vers la chambre de gauche ou une molécule lente se diriger vers la chambre de droite. Au bout du compte, explique Maxwell, une des chambres va contenir un gaz de plus en plus chaud (constitué des molécules rapides) et l'autre un gaz de plus en plus froid (constitué des molécules lentes) – cela en contradiction avec le second principe, et grâce à « l'intelligence d'un petit être clairvoyant et observateur ».

Bien plus tard, dans une conférence intitulée « La science et le libre arbitre », Maxwell déclarera aux anciens élèves de Cambridge que seules les explications dynamiques sont totalement déterministes. Mais il faudra attendre les physiciens Leo Szilard puis Léon Brillouin en 1950 pour que le paradoxe de Maxwell soit levé : acquérir de l'information, expliquera Brillouin, équivaut à une dépense d'énergie. La connaissance acquise par le démon de Maxwell entraîne ainsi une augmentation de l'entropie. « Le démon est bien vieux, il est temps de le mettre à la retraite », conclura joyeusement Brillouin. Il est pourtant loin d'être au rancart, même s'il n'apparaît plus guère ès qualités. La notion mythique d'un univers explicable par des lois simples, mathématiques et universelles est parfaitement récurrente, et avec elle l'idée que, l'un de ces prochains jours, les scientifiques parviendront à bâtir la théorie ultime. « Il s'en faut de quelques années, disait Francis Bacon vers 1600, avant que les secrets de l'univers ne soient définitivement dévoilés. » Une phrase qui trouve son écho en 1980 lorsque, prenant possession de la chaire de Newton à Cambridge, l'astrophysicien Stephen Hawking intitule sa leçon inaugurale : « La physique théorique touche-t-elle à sa fin ? » Affirmation volontairement provocatrice, mais qui fait clairement partie de l'imaginaire scientifique. Et, si l'on veut bien se donner la peine de le chercher, on trouvera notre démon, bon

pied bon œil, du côté de la biologie moléculaire et de la génétique. Il avait eu l'honneur de figurer dans une tête de chapitre
du célèbre livre de Jacques Monod, *Le Hasard et la Nécessité*, mais il est bien à l'œuvre chez tous ceux qui adhèrent à
l'idée d'un déterminisme biologique : au milieu des années
soixante-dix, E. O. Wilson, spécialiste des fourmis, avait écrit
un lourd pavé intitulé *La Sociobiologie*, où, après une analyse
minutieuse des sociétés d'insectes, il tentait, en fin de livre,
une incursion comparative du côté des humains. Bon gré, mal
gré, il ouvrit ainsi une brèche aux « sociobiologistes » qui
bâtissent des théories autour de l'idée simple selon laquelle,
les gènes déterminant l'homme et l'homme déterminant la
société, les gènes déterminent la société. Une idée encore largement en vogue aux États-Unis, si l'on en croit les équipes
qui recherchent avec ardeur les gènes de la violence, de l'ho-
mosexualité, voire de l'intelligence. Si les gènes sont sûrement impliqués dans le comportement, le comportement ne se
réduit sûrement pas à l'expression d'un gène.

Du coup, nos démons, qui ressemblaient plutôt à des personnages de Tex Avery, exhibent un enthousiasme faustien
pour la science. A eux, c'est-à-dire aux scientifiques, on prê-
terait volontiers le mot de Méphisto : « Je suis celui qui toujours veut le mal et toujours fait le bien… » L'éternel échec
dans la recherche de la loi ultime et l'éternel succès dans ses
nouvelles découvertes.

« Un quartier embrouillé. »

Dessin d'Albert Robida tiré de son ouvrage d'anticipation *Le Vingtième Siècle* (1883). © Roger-Viollet.

On n'arrête pas le progrès

« Il y a cinquante ans à peine, écrivait Léon Bloy vers 1901, les ténèbres du Moyen Age étaient rigoureusement exigées dans les examens. Un jeune bourgeois qui aurait douté de l'opacité de ces ténèbres n'aurait pas trouvé à se marier. » Aujourd'hui, le « nouveau Moyen Age » est annoncé. Un apprenti énarque qui marquerait son incrédulité devant cette perspective serait probablement sanctionné au grand oral. Dans un livre au titre éponyme, le politologue Alain Minc affirme ainsi qu'avec l'aide de Dieu et le soutien de sa communauté, l'individu du Moyen Age était armé pour affronter un monde sans perspective de progrès. Références remplacées selon lui au XXᵉ siècle par le mythe du progrès et les Temps modernes auxquels il s'identifiait. C'est l'agonie de ce mythe qui nous ramène, dit Minc, à un nouveau Moyen Age.

S'agit-il d'une prophétie ou d'une constatation ? Umberto Eco se posait la question en 1972, dans un article de *L'Espresso* consacré à cette question largement débattue à l'époque. Le Moyen Age, rappelait Eco, définit deux moments historiques bien distincts, le premier allant de la chute de l'Empire romain à l'an 1000, avec son cortège de crises, de décadences et de chocs culturels, le second allant de l'an 1000 jusqu'à l'École humaniste. De nombreux historiens considèrent que ces périodes comprennent trois renaissances, la carolingienne, une autre entre le XIᵉ et le XIIᵉ siècle, et la troisième qui est connue sous le nom de Renaissance tout court et avec un grand R. Il est évident, poursuivait Eco, que comparer un moment historique précis (aujourd'hui) avec une période s'étalant sur plus de mille ans tient du jeu gratuit.

D'autant que le Moyen Age, à sa manière, porte au contraire l'idée de progrès par l'espoir d'un âge d'or, celui du retour du Christ sur terre, et par le sentiment d'une spiritualité en perfectionnement constant. L'origine gréco-judaïque de cette idée, à travers le messianisme d'une part, la construction de la connaissance d'autre part, s'est bien transmise à la chrétienté : le temps de saint Augustin est linéaire et l'humanité de sa Cité de Dieu s'éduque progressivement au cours des âges. Lorsque, huit siècles plus tard, la voix de Bernard de Chartres s'élève à son tour, elle exprime la foi dans le progrès des hommes : « Nous sommes des nains juchés sur des épaules de géants. Nous voyons ainsi davantage et plus loin qu'eux, non parce que notre vue est plus aiguë ou notre taille plus haute, mais parce qu'ils nous portent en l'air et nous élèvent de toute leur hauteur gigantesque. » L'image célèbre (Isaac Newton la reprendra à son compte) exprime, selon l'historien Jacques Le Goff, « le sens du progrès de la culture. Tout court : le sens du progrès de l'histoire ».

Dans la question qui nous occupe – le progrès agonise-t-il ? –, la corrélation, en négatif, avec le Moyen Age est toutefois plus qu'un jeu de l'esprit. Elle participe du mythe puisque opposant implicitement les âges obscurs aux siècles des Lumières. Le chaos d'un monde qui s'écroule à l'ordre nouveau et harmonieux qui survient sous la poussée irrésistible du progrès. Synthèse du passé et prophétie du futur[8], il repose sur une interprétation de l'histoire selon laquelle la société progresse lentement mais sûrement et indéfiniment dans la direction voulue.

L'idée va prendre toute son ampleur entre 1750 et 1900. D'abord au siècle des Lumières, sous des influences diverses, qui regroupent aussi bien Turgot, ministre des Finances de Louis XVI, que le marquis de Condorcet, le philosophe écos-

---

8. Selon la définition de J. B. Bury dans son livre sur le progrès (1920).

sais Adam Smith ou le comte de Saint-Simon. Dans l'esprit du temps, le progrès remplace petit à petit la Providence. Qui plus est, il vient se joindre aux idées de liberté et d'égalité : à l'horizon, une société meilleure, probablement gouvernée par des scientifiques comme dans *La Nouvelle Atlantide*, l'utopie forgée début XVIIe siècle par Francis Bacon.

Car, pour un Condorcet par exemple, le chemin qui mène à cet âge d'or est de toute évidence pavé par la science. Toutes les erreurs politiques et morales, dit-il en substance, sont fondées sur des erreurs philosophiques, elles-mêmes reliées à des erreurs scientifiques. Si, connaissant les lois, on peut prédire les phénomènes, alors, connaissant l'histoire de l'homme, on peut prédire sa destinée. A cette époque, la science est considérée comme la quête de la connaissance. Naturellement, cette quête est désintéressée ; et tout aussi évidemment, ceux qui s'y lancent sont des individus entièrement dévoués à la cause de la vérité dans sa lutte contre la superstition.

Leur modèle est probablement inspiré par la figure légendaire de Galilée et son procès, dont on retient, dans sa version mythifiée, qu'il a donné l'occasion au savant de prononcer les célèbres paroles *Eppur, si muove*, « Et pourtant elle tourne »… On l'imagine volontiers, bougon et gavroche à la fois, faisant un discret bras d'honneur à ses inquisiteurs empourprés lui réclamant d'abjurer ses idées coperniciennes sur le mouvement de la Terre. Que Galilée n'ait pas prononcé ces paroles à la fin de son procès est une chose, que l'Église ait contribué par son dogmatisme au développement de l'association entre libre-pensée, indépendance, voire esprit frondeur, rationalisme et enquête scientifique en est une autre, incontestable. Le progrès, dès cette époque, est irrémédiablement enraciné dans la science.

Au XIXe siècle, le progrès annexe la trilogie révolutionnaire, liberté, égalité, fraternité, et devient l'idée dominante garantissant scientifiquement l'avancée triomphale de l'humanité vers une société meilleure. Avec Auguste Comte et sa loi du progrès (l'amour pour principe, l'ordre pour base et le progrès

pour but), se constitue l'idée d'une évolution sociale nécessairement bénéfique. « Le progrès est une loi de la vie », clame
le sociologue Herbert Spencer. Progrès, évolution ? Pour le
géologue Charles Lyell comme pour Charles Darwin, les mots
sont synonymes et signifient changement graduel. Pour Gobi-
neau (son *Essai sur l'inégalité des races humaines* est publié
en 1855), progrès et évolution doivent conduire la race supérieure (aryenne) à dominer la terre. Dans un genre plus discret, l'économiste et philosophe John Stuart Mill publie son
essai *Sur la liberté* en 1859, en même temps que *L'Origine
des espèces* de Darwin. Il y défend un principe simple de
liberté dans le respect de l'autre, sauf pour les « infirmes », les
« débiles » et certaines « races retardées ». Mill, pour qui le
déterminisme est la grande loi de la nature, prêche le progrès
mieux que personne, mais pas forcément pour tout le monde.
  Tout n'est pas rose dans ce siècle souvent béat devant la
magnificence des inventions et découvertes. Les critiques,
pour n'être pas très nombreuses, n'en sont pas moins acerbes.
La révolution industrielle passe et laisse du monde sur le bas-
côté, tandis que l'idéologie scientifique s'oriente discrètement
dans son sillage. Exemplaire de ce nouvel état d'esprit, le physicien allemand Helmholtz, tout en soulignant la vocation des
scientifiques à chercher la vérité, reconnaît en 1893, un peu
du bout des lèvres, que la science peut « accidentellement »
donner des bénéfices sociaux. L'idée de progrès connaît, elle,
son apogée avec Teilhard de Chardin qui se dit convaincu que
« c'est sur l'idée de progrès et de foi dans le progrès que l'humanité si divisée se rassemblera ». Seulement voilà ; la guerre
de Quatorze survient et, avec elle, l'Occident entre de plain-
pied, comme l'écrit Paul Valéry en 1924, dans un « monde qui
baptise du nom de progrès sa tendance à une précision fatale ».
La science s'industrialise à tout va et le monde scientifique
s'adapte. Einstein dira à la fin de la guerre que, pour la
plupart des nouveaux venus, « qu'ils deviennent officiers,
commerçants ou scientifiques dépend des circonstances ». La
démarcation entre l'« académie », réservée aux problèmes fon-

damentaux, et les problèmes appliqués, techniques et pratiques, s'efface graduellement.

Dès lors, le progrès n'est plus systématiquement considéré comme un bienfait mais comme une entreprise humaine, soumise comme toute autre à l'erreur et au doute, à la bêtise et à la corruption, comme en témoignent les sciences qui se voient accolées à la boucherie de cette « guerre des chimistes ». L'idée résiste pourtant. En 1933, et malgré la grande dépression, la foire mondiale de Chicago s'intitule « Un siècle de progrès » et porte sur son fronton une fière devise : « La science trouve, l'industrie applique, l'homme consent. » Un optimisme qui va être laminé par la Seconde Guerre mondiale, la « guerre des sorciers » (comme on l'a appelée en référence au développement des radars et de l'électronique) et Hiroshima. Le progrès, pressent-on maintenant au-delà des cercles intellectuels, entre dans une zone incertaine. C'est d'autant plus sensible que l'indéterminisme, avec la physique quantique, est venu saper le sage déterminisme laplacien. La science campe alors prudemment sur l'idée d'une neutralité dans ses responsabilités sociales et il n'y a plus grand monde pour faire l'association, autrefois obligée, entre progrès technique et scientifique et progrès de l'humanité. Il faut dire que la position va devenir intenable : avec la thalidomide, Love Canal, Bhopal, Tchernobyl, s'égrène un chapelet de catastrophes qui viennent noircir le lumineux portrait que l'on se faisait du progrès. Dans l'esprit du temps, la connaissance objective où l'on espérait puiser sans relâche ressemble de moins en moins à une corne d'abondance et de plus en plus à la boîte de Pandore.

Les chefs d'État, aujourd'hui, s'efforcent « de pouvoir résister aux effets d'une formidable révolution scientifique et technique qui a changé complètement les métiers de millions de travailleurs [9] », désignant ainsi subtilement le progrès comme nouvel ennemi. De guerre économique en lutte contre le sida ou la myopathie de Duchenne et en percée *(« breakthrough »)*

9. Extrait d'un discours de François Mitterrand.

scientifique, on part désormais au combat pour maîtriser la connaissance. Cette vision est d'autant plus paradoxale que le maître mot, aujourd'hui, n'est plus connaissance, mais application de la recherche, ou mieux, innovation. Peu importe d'ailleurs quelles innovations puisque personne n'a le regard suffisamment perçant pour désigner un objectif global – sauf à prononcer sinistrement qu'on n'arrête pas le progrès.

« Aucune société ne prospère, disait Tocqueville, aucune société n'existe sans dogmes. » Sans mythes, dirions-nous ici : celui du progrès est sans doute malade d'avoir perdu sa naïveté originelle. Après tout, *progressio* signifie en latin cheminement vers la vertu.

Ouroboros, serpent symbolisant, pour les occultistes, l'éternel retour, et pour les chimistes somnolents, la formule du benzène.

Bibliothèque nationale de France, Paris. © BNF, Paris.

Le serpent de Kekulé

Le benzène a une drôle d'odeur ; c'est un liquide plutôt suffocant, voire cancérigène, qui brûle en dégageant d'impressionnantes fumées noires et a pour formule, nous apprennent les manuels, C_6H_6, les six atomes de carbone formant un anneau – un « cycle ». Entre autres propriétés remarquables (comme d'être à l'origine d'une foule de colorants, d'insecticides, d'explosifs et de matières plastiques), il se trouve qu'il est exactement aussi transparent que le verre : un objet en verre, trempé dans du benzène, devient complètement invisible ! Ce liquide quelque peu magique, surtout, a une histoire peu banale. L'élucidation de sa structure, au milieu du XIXe siècle, a défrayé la chronique et continue d'intriguer aujourd'hui. Songez plutôt : elle a été découverte en rêve !

> Je tournai ma chaise vers le feu et tombai dans un demi-sommeil. De nouveau les atomes s'agitèrent devant mes yeux. [...] de longues chaînes, souvent associées de façon plus serrée, étaient toutes en mouvement, s'entrelaçant et se tortillant comme des serpents. Mais attention, qu'était-ce que cela ? Un des serpents avait saisi sa propre queue, et cette forme tournoyait de façon moqueuse devant mes yeux. Je m'éveillai en un éclair [...].

L'homme qui vient, en somnolant, de « voir » la formule du benzène que ses collègues recherchent depuis de longues années s'appelle Friedrich August Kekulé. A une époque (1865) où les chimistes ferraillent pour savoir si les atomes

existent bel et bien ou ne sont qu'une vue de l'esprit, Kekulé
a fait son choix : non seulement les atomes existent mais il
n'arrête pas de les voir en rêve, avec les yeux de l'esprit. Car
ce n'est pas là son coup d'essai. Il y a sept ans, il a déjà vu
des atomes gambader alors qu'il voyageait en omnibus dans
les rues de Londres. Il en avait conclu que les atomes de carbone peuvent s'assembler en longues chaînes – ce qui, joint
au fait que ces mêmes atomes échangent quatre liaisons chimiques avec leurs voisins, fondait la chimie organique. Cette
science allait connaître de remarquables succès à la fin du
XIXe siècle puisqu'elle permit – enfin – de synthétiser des
substances organiques, montrant du même coup que le
« souffle vital » que l'on croyait nécessaire pour animer les
créatures vivantes était rien de moins qu'inutile.

On peut s'étonner de ce que les chimistes soient passés de
la chaîne au cycle à l'époque où fut inventé le pédalier de
bicyclette, la première transmission par chaîne datant de
1869... On sera moins surpris de voir apparaître un serpent
qui compose avec la pomme de Newton un tableau très idyl-
lique. Plus sérieusement, l'origine divine de la vie devenant
superfétatoire, on conçoit que tous ceux qui croient davantage à Dieu qu'aux atomes se soient élevés avec vigueur
contre ces thèses chimiques qui dégageaient une forte odeur
de soufre. D'autant que l'initiateur de la chimie organique
lui-même avait fait un rêve typiquement ésotérique. Le serpent qui se mord la queue – tous les alchimistes vous le
diront –, c'est Ouroboros, symbole de l'unité de la matière et
de l'univers, emblème du périple sacré de la création s'en-
gendrant et se consommant elle-même. En bref, c'est l'image
qui correspond au célèbre « tout est dans tout », et même, si
l'on veut, au « et réciproquement » qui apporte une précision
indispensable.

Curieusement, les plus acharnés à tenter de démolir le
rêve de Kekulé ne furent pas les théologiens, mais les chimistes. Il était hors de question qu'une science nouvelle,
dégagée à grand-peine de son vieux fonds alchimique, s'édi-

fie sur un rêve de serpent se mordant la queue. Sans le
savoir, Kekulé touchait là une fibre sensible... qui n'a pas
fini de vibrer. Dès l'année suivante, on vit dans une revue
allemande spécialisée, *Chemische Berichte*, un dessin montrant deux cycles benzéniques constitués chacun de six
singes macaques se tenant par la queue ; le rêve subit par la
suite maintes attaques de la part des chimistes purs et durs,
la dernière datant de 1985. L'American Chemical Association a en effet consacré une de ses séances annuelles à l'affaire du benzène, et deux chimistes américains ont prétendu
à cette occasion que Kekulé ne pouvait avoir rêvé la fameuse
formule.

Comme ce ne sont certainement ni le rejet de l'alchimie,
qui est bien, qu'on le veuille ou non, l'ancêtre de la chimie,
ni une quelconque raideur théologique qui ont mené à noircir
autant de papier (dont celui-ci) pour un simple rêve, force est
de s'orienter vers une autre explication. A l'image de Newton, qui a d'ailleurs passé de longs mois à attiser ses fourneaux d'alchimiste, de Galilée ou d'Einstein, Kekulé a été
touché par la grâce – et, qui plus est, par la grâce au sens que
lui donnaient les anciens ésotéristes. *La Fontaine des amoureux de science*, grand classique de l'alchimie écrit en 1413
par le Valenciennois Jehan de La Fontaine, explique par le
menu comment le savoir vient aux initiés, et il y a fort à
parier que le mythe populaire de la connaissance révélée y
trouve son origine. Car Jehan, quatre siècles et demi avant
Kekulé, était aussi un sacré rêveur qui, deux siècles et demi
avant Newton, appréciait les vergers :

> Puis m'endormis, apres mangier,
> Dedans ce gratieux vergier ;
> Et, selon mon entendement ;
> Ie dormy assez longuement,
> Pour la plaisance que prenoys
> Estant au songe que je songeois.

En rêve, Jehan rencontre « deux bell's dames au cler vis »
précisément la connaissance et la sagesse, qui lui révèlent
derechef :

> Science si est de Dieu don,
> Qui vient par inspiration.
> Ainsi est science donnée
> De Dieu, et en l'homme inspirée.

Voilà, exprimé dans un langage fleuri, ce qui insupporte tant
les chimistes d'hier et d'aujourd'hui. L'injustice qui suggère à
certains des rêves décisifs (« Pourquoi sont-ils choisis par les
anges du Seigneur ? » demandait le physicien Infeld), tandis
que d'autres suent sang et eau sur leur paillasse sans jamais
toucher la Terre promise ; le fait que la vérité puisse être révélée gratuitement alors qu'elle se doit d'être l'aboutissement
d'un lent travail de fourmi consistant à assembler des données
disparates afin d'en faire un corpus présentable. Même si ses
racines plongent dans quelque cornue hermétique – nul n'est
parfait –, la science ne saurait se bâtir que sur l'expérience et
la raison. Un chimiste ne rêve pas, il travaille, et toute irruption
de l'inconscient dans son laboratoire est sujette à caution.
Le serpent de Kekulé doit ainsi sa fortune à ce qu'il s'est
insinué dans cette faille (mythique) qui sépare ce qui est scientifique de ce qui ne l'est pas. En récusant le rêve fondateur,
les chimistes prennent une position tout aussi dogmatique que
la sagesse populaire croyant dur comme fer à la révélation
divine. Travailleur acharné et rationaliste convaincu, Kekulé a
probablement bénéficié, dans un demi-sommeil, de cet état
hautement créateur où le conscient perd lentement prise, où la
rigueur scientifique, les pieds dans l'eau des songes, s'amollit
peu à peu, où les raisonnements habituels se réarrangent
comme les pièces d'un puzzle. Le fait que nombre de problèmes, chimiques, mathématiques ou autres, soient résolus
dans un demi-sommeil relève sans doute davantage de la phy-
siologie que de la révélation. Si le serpent de Kekulé a acquis

une telle notoriété, c'est sans doute que la limite entre le corps et l'esprit, ou entre la science et la sagesse populaire, est aussi insaisissable qu'une couleuvre à demi assoupie.

Chimiste russe s'apprêtant à regrouper, dans un même tableau, tous les éléments de l'Univers.

© Musée de la Poste, Paris.

Le tableau de Mendeleïev

La chimie, c'est de la cuisine – tous les élèves de lycée vous le diront – et en plus il faut faire la vaisselle à la fin. Si le jugement est quelque peu injuste pour la chimie actuelle (entre autres parce que les laboratoires sont aujourd'hui équipés de lave-vaisselle), il décrit parfaitement celle du milieu du XIXᵉ siècle, époque où les livres de chimie comportaient plus de recettes que de formules, où les nouveaux corps chimiques se multipliaient de façon anarchique et où les « atomistes » croisaient le fer et les autres métaux avec les « équivalentistes ». Puis un jeune chimiste de la lointaine université de Saint-Pétersbourg a l'idée saugrenue de disposer par masses atomiques croissantes, en allant à la ligne aux numéros 7, 14, 21, etc., tous les corps simples connus en 1869.

Bizarrement, et à quelques exceptions près, les corps situés dans une même colonne présentent des propriétés chimiques analogues : Dimitri Mendeleïev – c'est son nom – ne sait absolument pas pourquoi les corps simples de la nature se groupent par familles dans un tableau d'une simplicité biblique – fondé qui plus est sur le nombre 7 –, mais ce qui ne l'empêche pas de l'utiliser comme « aide-mémoire » pour ses étudiants. La trouvaille est sympathique, mais peu faite pour émouvoir ses collègues, qui accueillent très froidement son tableau. Il lui manque une case, et même plusieurs, ne manquent-ils pas de remarquer, ce qui est tout à fait indéniable. Têtu et confiant dans son intuition, Dimitri remplit les cases avec trois éléments hypothétiques qui font gentiment ricaner la communauté scientifique pendant une dizaine d'années… Jusqu'à ce qu'en 1879 on découvre le scandium, qui vient miraculeusement prendre la place de l'un d'eux, et que le gallium et le germanium, dix-sept ans plus tard, viennent combler les cases vides restantes et en boucher un coin aux chimistes du monde entier. Mieux : au début du XXe siècle, les gaz inertes (hélium, néon, argon, etc.) viendront s'aligner dans une huitième colonne que Mendeleïev n'avait pas prévue, mais qui s'intègre très naturellement dans son tableau.

Dimitri fait dès lors figure de prophète, ce à quoi contribuent puissamment sa longue barbe et ses cheveux (qu'il fait couper une fois par an) tombant aux épaules. Du jour au lendemain, son tableau devient l'archétype de la découverte fulgurante et intuitive, en avance sur son temps de plusieurs décennies. La chimie était dans le plus grand désordre, les éléments s'amoncelaient en un affreux chaos – voici qu'un petit chimiste russe, que l'on devine sans le sou et à l'écart des courants intellectuels dominants, prend sa meilleure plume d'oie et, soudain touché par la grâce, écrit à la hâte sur un mauvais bout de papier les nouvelles tables de la loi. Le brave et laborieux expérimentateur penché sur ses tubes à essai vient de damer le pion aux grands théoriciens appuyés à leurs pupitres de conférenciers. Juste vengeance, pour ceux qui pensent que, lorsqu'on travaille sur la matière, il vaut mieux mettre la main à la pâte.

Sans doute cet esprit empirique faisait-il défaut aux précurseurs malheureux de Mendeleïev – à John Newlands, par exemple, qui avait énoncé quatre ans auparavant une très pythagoricienne « loi des octaves » selon laquelle les propriétés chimiques des éléments devaient se répéter comme les tons de la gamme musicale, ou à Alex de Chancourtois, qui avait proposé de classer les éléments (mais aussi quelques molécules) sur une « vis tellurique » très sophistiquée. Mendeleïev, lui, ne théorise pas, il décèle une périodicité et en explore toutes les conséquences : « Les lois naturelles ne souffrent pas d'exceptions, écrit-il, et c'est en cela qu'elles se distinguent des règles de la grammaire. » A la base de son inébranlable conviction se trouve ainsi la certitude que la nature ne joue pas et que, lorsqu'elle révèle ses secrets, elle les révèle tout entiers. Dimitri est un pur et dur : il croit aux atomes, ce qui n'est pas exceptionnel à son époque, et à la simplicité des lois de la nature, ce qui va lui jouer un mauvais tour.

La mystérieuse périodicité découverte par Mendeleïev ne sera expliquée que bien plus tard, quand la physique quantique expliquera que le comportement chimique des atomes tient au nombre de leurs électrons, et que ces électrons se répartissent sur des « couches » concentriques selon une loi (dite « règle de l'octet ») où le nombre 8 joue un rôle essentiel. Avoir su deviner en 1869 ce qui ne sera élucidé que dans les années vingt ne fait qu'ajouter à la gloire de Dimitri, mais une historienne des sciences, Bernadette Bensaude-Vincent, a récemment montré qu'il était décidément un bien curieux prophète.

La découverte de la radioactivité par Pierre et Marie Curie, auxquels il rend visite en 1902, le met dans tous ses états. Il ne croit nullement aux rayonnements dont on lui parle et s'oppose absolument à la notion de transmutation : « ses » atomes sont éternels, à jamais casés dans « son » tableau, et ne sauraient exhiber des comportements aussi fantaisistes. Il propose alors une théorie de la radioactivité, aussi ingénieuse que délirante, qui fait intervenir l'attraction de l'éther (fluide hypothétique et impondérable qu'Einstein renverra définitivement au placard quelques années plus tard) par les atomes lourds. Et, pour sauver son tableau du péril radioactif, il y inclut l'éther – dans la colonne des gaz inertes puisqu'il ne réagit pas chimiquement, et sans masse puisqu'il est impondérable, ce qui est tout de même un peu gênant.

Cette superbe bourde, généralement mise sur le compte d'un grand esprit déclinant, ne restera pas dans l'histoire. N'en déplaise au prophétique chimiste, les lois de la nature sont au moins aussi complexes que celles de la grammaire. Les isotopes (« même lieu » en grec), radioactifs ou non, sont venus se placer dans le tableau de Mendeleïev dans les cases des atomes stables, contre la volonté de son créateur qui les voyait comme d'impossibles bégaiements de la grammaire naturelle. L'anecdote montre clairement que l'on peut être à la fois prophète et rétrograde et que Mendeleïev, s'il a effectivement été le médium d'une intuition géniale, était aussi un des savants les plus étroitement positivistes de son époque. Mais il vaut sans doute mieux s'arrêter là : à mêler ainsi le génie et l'entêtement, les vérités révélées et les erreurs bornées, on finirait par montrer – ce qui déparerait le tableau – que les grands savants sont des hommes comme les autres, et que la mésaventure de Mendeleïev guette tous les esprits classificateurs. Quand on a mis l'univers dans un tableau, il est bon que *tout* y trouve une place.

Le grand mathématicien suédois Gösta Mittag-Leffler (1846-1927), le prétendu rival amoureux d'Alfred Nobel, devant son hôtel particulier.

La maîtresse d'Alfred Nobel

Le prix Nobel, qui tombe chaque automne sur quelques heureux élus et les propulse, au terme d'un cérémonial d'une grande complexité, dans le gotha du savoir, est un mythe en lui-même. Quel chercheur, aussi humble soit-il, ne rêve de le recevoir, tel un bâton de maréchal, des mains du roi de Suède dans la grande salle des concerts de Stockholm, accompagné de pas moins de cinq discours et d'un chèque de quelque six millions de francs [10] ? Tel physicien des particules ou spécialiste de la génétique des virus est alors prié, devant les caméras du monde entier, de donner son avis sur l'évolution de la société, la dette des pays du Tiers Monde et le sort de la démocratie… si toutefois il ne perd pas la tête. A l'instar des astronautes qui ne se sont jamais vraiment remis d'avoir marché sur la Lune, ou des gagnants du Loto impuissants à assumer leur soudaine fortune, on a vu des nobélisés, parvenus au sommet de la gloire scientifique, se consacrer à la méditation transcendantale.

Si le Nobel n'est pas un prix comme les autres, c'est d'abord qu'il est le plus richement doté. A ses débuts, en 1901, il ne rapportait qu'environ 200 000 F, et son montant actuel suscite l'admiration pour l'habileté des gestionnaires du fonds Nobel. C'est ensuite que la probité du jury qui l'at-

10. Le cérémonial de la remise du prix a fait l'objet d'une intéressante étude sociologique. Il est si caractéristique que les lauréats eux-mêmes le tournent en dérision chaque année, en procédant à la remise des « Ig Nobel » (prononcer *ignoble* à l'anglaise) aux travaux scientifiques les plus détestables ou les plus frauduleux.

tribue, à l'image de la neutralité politique de la Suède, est, à tort ou à raison, considérée comme insoupçonnable. Enfin, la désignation annuelle des champions de l'intelligence a ceci de rassurant qu'elle témoigne des progrès ininterrompus du savoir, et ceci de magique qu'elle associe deux notions ordinairement séparées : la recherche et l'argent. Toujours est-il que le Nobel, dès sa création, provoqua l'engouement de la presse dans tous les pays du monde et singulièrement en France, pays du prix d'excellence et de la Légion d'honneur.

Quant à la dualité sans laquelle un mythe ne saurait exister, elle est particulièrement forte : Alfred Nobel eut quelque temps l'image d'un savant fou (surtout quand son usine suédoise sauta en 1864) avant de devenir une sorte d'ermite pacifiste et humaniste. Surtout, c'est l'« argent de la dynamite » qui récompense ceux qui ont œuvré, selon les termes du testament, « pour le plus grand bénéfice de l'humanité ». Que le Nobel de la paix reçoive les intérêts d'une multinationale spécialisée dans l'industrie d'armement surprend aujourd'hui, mais résume parfaitement la philosophie du progrès qui avait cours à la Belle Époque : « J'aimerais inventer, disait Alfred, une substance ou une machine dotée d'un tel pouvoir de destruction qu'aucun gouvernement n'ose s'en servir. » Délicieuse naïveté fin de siècle qui colore le prix d'une délicate teinte utopique – surannée certes, mais ô combien attendrissante.

Mais un autre mythe, plus coriace encore, s'attache à la personnalité d'Alfred Nobel. Dans le domaine scientifique, le prix récompense en effet les physiciens, les chimistes, les biologistes et les économistes, mais pas les mathématiciens qui doivent se contenter (depuis 1936 seulement) d'une « médaille Fields » décernée tous les quatre ans et bien moins généreusement rétribuée. La raison de cet oubli est célèbre et souvent exposée avec une pointe d'ironie. « A cette époque », peut-on lire par exemple, tout récemment encore, dans la revue *Sciences frontières*, « le plus brillant des mathématiciens, le Suédois Mittag-Leffler, qui risquait d'avoir une récompense dans ce domaine si on en créait une, n'était autre que l'amant

de Mme Nobel. » La question de savoir si Mme Nobel préférait les équations mathématiques aux formules chimiques est
si importante qu'elle est débattue par le monde entier sur le
réseau Internet à la rubrique « FAQ » *(Frequently Asked Questions)*. On y apprend d'abord, ce qui pourrait mettre fin à la
polémique, qu'Alfred Nobel ne s'étant jamais marié, il n'y a
jamais eu de Mme Nobel.

Dont acte. Mais n'avait-il pas quelque amie de cœur ?
L'image du milliardaire humaniste et solitaire est si improbable qu'elle incite irrépressiblement, comme disent les
Anglo-Saxons, à chercher la femme. On connaît à Nobel
une (brève) aventure parisienne, lorsqu'il avait dix-huit ans,
une autre, platonique, avec Bertha Kinsky (prix Nobel de
la paix 1905), et une maîtresse plus tardive, la fleuriste
viennoise Sophie Hess qui égaya sa quarantaine et lui coûta,
paraît-il, beaucoup d'argent. Les biographes de Nobel
voient mal, cependant, comment la moindre interférence
sentimentale aurait pu se produire : Alfred vivait alors à
Paris et Gösta Mittag-Leffler menait grand train à Stockholm. Car notre mathématicien – et c'est peut-être là la clé
de l'énigme – n'était pas un modèle de discrétion. Ambitieux, mondain et intrigant, il mêlait habilement les relations publiques et les équations différentielles. Cela se
traduisit par la création des *Acta Mathematica*, la plus prestigieuse revue mathématique de l'époque, et par le poste de
recteur d'une université nouvelle, la Högskola de Stockholm. Rien n'indique pourtant qu'il fut le plus grand mathématicien du moment. Henri Poincaré, à qui il tenta
vainement de faire attribuer le Nobel en 1910, était d'une
tout autre envergure.

Il entreprit aussi, au moment où Nobel rédigeait son testament, de subtiles négociations afin que la Högskola bénéficie, comme les autres institutions suédoises chargées de
décerner le prix, de ses largesses. Ce fut un échec, qualifié de
« fiasco Nobel » par un autre membre éminent de la Högskola, mais Mittag-Leffler n'aurait certainement pas tenté

cette action s'il avait auparavant conté fleurette à Sophie Hess. Elisabeth Crawford, qui a relaté l'histoire du prix Nobel, écrit à ce sujet :

> Même si Mittag-Leffler fut contrarié par l'absence de prix en mathématiques et par l'exclusion de la Högskola du dernier testament Nobel, il ne le montra pas publiquement. Il se peut qu'il ait pris personnellement sa revanche en ébruitant l'histoire de la rivalité entre Nobel (qui était de quinze ans son aîné) et lui-même : tous deux se seraient disputé le cœur de la même femme et Nobel aurait perdu.

Le dernier point débattu sur Internet, et qualifié d'« élément psychologique », montre que la grandeur d'âme de Nobel est aujourd'hui encore hautement estimée : comment Nobel, écrivant son testament avec pour seule préoccupation le bien de l'humanité, aurait-il pu laisser une affaire personnelle interférer avec ses plans idéalistes ? Les psychologues répondront peut-être à la question, mais il n'en reste pas moins que ni Mittag-Leffler, ni Sophie Hess n'auront droit aux faveurs de l'héritage. N'en déplaise aux amateurs d'anecdotes, l'absence de prix Nobel de mathématiques a sans doute une explication plus simple. Alfred Nobel était un ingénieur dans la plus pure tradition du XIXe siècle, c'est-à-dire davantage préoccupé d'expérimentation que de théorie. Dans son esprit, les « inventions et découvertes » primées devaient être d'une utilité immédiate pour le plus grand nombre. Parmi les premiers prix Nobel de physique se trouve ainsi l'ingénieur suédois Gustaf Dalén, « pour son invention des régulateurs automatiques à utiliser avec des accumulateurs de gaz pour l'éclairage des phares et des balises ». Einstein lui-même n'obtint le Nobel que par raccroc, pour sa découverte de l'effet photoélectrique et non pour sa théorie de la relativité, considérée comme « n'ayant pas encore acquis assez d'importance pour être d'un très grand profit pour l'humanité ». Quant à Poincaré, proposé pour le prix de physique en 1910, il se trouva en compétition avec les frères Wright, pionniers de l'aviation. Ce n'est pas là le moindre des paradoxes du prix Nobel : créé par un inventeur pour des inventeurs, et excluant à ce titre les mathématiciens, il en est venu à symboliser le *nec plus ultra* de la pensée abstraite...

L'histoire de la mésaventure sentimentale de Nobel semble donc être une fiction forgée de toutes pièces, peut-être en réaction contre l'univers essentiellement masculin qu'est la fondation Nobel chargée d'attribuer le prix. Mais, si peu de femmes ont obtenu le Nobel et si Sophie Hess n'a rien eu, celles qui en ont indirectement bénéficié sont plus nombreuses qu'on ne croit [11]. Einstein a donné l'intégralité de son prix à son ex-femme Mileva et Robert Lucas, prix d'économie 1995, a dû en céder la moitié à sa femme Rita. Cette dernière, en instance de divorce depuis sept ans, avait eu soin d'ajouter une clause au contrat de séparation : « L'épouse recevra 50 % de tout prix Nobel au cas où Robert E. Lucas l'obtiendrait avant le 31 octobre 1995. » La bonne nouvelle tomba quinze jours avant la date fatidique et Robert Lucas, beau joueur, eut un mot de la fin qui n'aurait pas déplu à l'industriel Alfred Nobel : « Un marché est un marché. »

---

11. On ose à peine mentionner ici la banque de sperme très particulière constituée par le milliardaire américain Robert Graham. Tous les donneurs sont des scientifiques géniaux et les clientes peuvent même choisir d'avoir un bébé Nobel puisque trois représentants de la digne institution, dont William Shockley, prix Nobel de physique 1956 pour l'invention du transistor, ont daigné contribuer. « Cela m'a fait beaucoup de publicité, reconnaît Graham, mais ils sont maintenant un peu vieux. Les femmes n'en veulent plus. »

La célèbre formule apparaît en 1979 sur un timbre de la République populaire de Chine. Comment s'écrirait-elle en idéogrammes ?

© Musée de la Poste, Paris.

$E = mc^2$

Aux deux extrêmes de l'imaginaire scientifique se trouvent un cri – *Eurêka* – et une formule : $E = mc^2$. Le premier symbolise les pouvoirs du corps à travers celui, dégoulinant, d'Archimède ; la seconde les pouvoirs de l'esprit. Car, si Archimède pouvait éprouver physiquement les lois naturelles, Einstein, c'est sa caractéristique essentielle, est un pur esprit. Il a d'ailleurs fait don de son cerveau à la médecine tandis que son corps, incinéré, a été dispersé aux quatre vents dans la plus stricte intimité. Sans vouloir disserter sur le siège de la pensée ni sur les organes des savants, la flottabilité d'Archimède, la cécité de Galilée ou les maux de tête de Newton, force est de reconnaître que l'homme-cerveau est un mythe durable que l'astrophysicien Stephen Hawking, recroquevillé dans son fauteuil roulant, incarne (?) à la perfection, tout en symbolisant aussi le fantasme de séduction des grands esprits : il vient de divorcer et de se remarier avec son ex-infirmière. Un autre mythe moins avouable est que, si la pure pensée s'obtient en oubliant le corps, le corps, lui, doit en garder des traces. En scrutant un par un les neurones du grand Albert, comme on a analysé la rétine de John Dalton (celui du daltonisme), on espère sans doute découvrir quelque absence ou prolifération neuronales anormales, comme on a trouvé chez Dalton une absence de cellules sensibles au vert.

Cette recherche inquiète et dérisoire, à grands coups de scanners et de microscopes électroniques, est en fait une des dernières manifestations de la longue série de soupçons et de mises en examen dont Einstein a été la victime. Pendant la

Première Guerre, quelques Français revanchards et antisémites soulignèrent habilement son origine juive allemande; puis des observateurs cyniques parlèrent de snobisme et des savants jaloux qualifièrent la relativité de pure construction intellectuelle... avant qu'une flopée de vérifications expérimentales ne viennent la confirmer. On tenta alors de faire d'Einstein le père de la bombe – à défaut d'avoir été celui de ses enfants, lâchement abandonnés paraît-il. Enfin, on chercha la femme, en l'occurrence sa première compagne Mileva Maric, à qui l'on essaya d'attribuer la maternité de la relativité. Dernier épisode en date, on chuchote dans les salons qu'Einstein était fou, ce qui expliquerait tout et rassurerait tout le monde.

Pourquoi tant de haine à l'égard de ce brave Albert qui ne portait pas de chaussettes, fuyait les mondanités et n'aimait rien tant que fumer une pipe au coin du feu? Parce qu'il a osé mettre en question l'évidence, dégommer les certitudes les mieux assises de la sagesse populaire, celles-là mêmes qui nous ont été transmises de génération en génération aussi sûrement que des gènes, et qui sous-tendent la sacro-sainte pensée rationnelle. La matière et l'énergie chamboulées, le temps et l'espace emmêlés sont autant de traits de scie dans la branche sur laquelle repose (vacille?) notre santé intellectuelle. Le temps n'étant plus ce qu'il était, qu'allons-nous devenir? Dès lors, Einstein devient une sorte d'ennemi n° 1 au deuxième degré et doit coûte que coûte être marginalisé. Il est soit plus méchant qu'il n'en a l'air – un vrai faux Faust –, soit venu d'une autre planète – $E = mc^2$ résonne un peu comme les quatre notes de *Rencontres du troisième type* –, soit fou – du genre que l'on peut enfermer à l'université de Princeton jusqu'à la fin de ses jours. Il est en tout cas urgent de le mythifier des pieds à la tête, avec sa langue (tirée), son cerveau (disséqué) et sa formule (magique).

De *Areuh = mc²* à *E = M6* en passant par *E = C 17* (bluejeans) et *HP = Mc2* (offres d'emploi), on ne compte plus les titres de gloire de la célèbre formule qui exprime l'équivalence de la masse et de l'énergie. Roland Barthes, dans « Le cerveau d'Einstein », y voit l'archétype de la révélation : « L'équation historique $E = mc^2$, par sa simplicité inattendue, accomplit presque la pure idée de la clef, nue, linéaire, d'un seul métal, ouvrant avec une facilité toute magique une porte sur laquelle on s'acharnait depuis des siècles[12]. » Pourtant, le succès de la formule n'est pas immédiat ; l'équation va longtemps rester dans l'ombre du « tout est relatif », bien commode et beaucoup plus accessible au sens commun, et ne deviendra vraiment célèbre que lorsqu'elle aura montré de quoi elle est capable – en l'occurrence de faire la bombe – même si ni elle ni son auteur n'y ont le moins du monde contribué : c'est la découverte de la radioactivité et de la structure de l'atome qui est à l'origine de la bombe, et non celle de la relativité. Mais sans doute fallait-il que l'apocalypse atomique trouve une formule à sa mesure et pour figure tutélaire quelque archange déchu. Le casting fut vite fait : seul Einstein avait l'envergure nécessaire pour jouer ce rôle de composition.

La « simplicité inattendue » de la formule se double clairement d'une raison esthétique. Si les équations sont dans l'ensemble rebutantes, certaines ont en effet un indéniable attrait. N'en déplaise à Newton, $f = Gmm'/r^2$ n'est guère attractive ; $U = RI$ n'est pas mal, mais sent le roussi, et $P = mg$ est un peu lourd. Côté Einstein, $R_{ik} = 0$ aurait pu faire l'affaire, et glorifier du même coup la relativité générale, unanimement considérée comme la plus belle des théories physiques, mais

---

12. Ailleurs dans *Mythologies*, Roland Barthes rend magistralement compte du mécanisme par lequel $E = mc^2$ s'est trouvé mythifié :

> Lorsque le sens est trop plein pour que le mythe puisse l'envahir, il le tourne, le ravit dans son entier. C'est ce qui arrive au langage mathématique. En soi, c'est un langage indéformable, qui a pris toutes les précautions possibles contre l'interprétation : aucune signification parasite ne peut s'insinuer en lui. Et c'est pourquoi précisément le mythe va l'emporter en bloc ; il prendra telle formule mathématique *(E = mc²)*, et fera de ce sens inaltérable le signifiant pur de la mathématicité. On le voit, ce que le mythe vole ici, c'est une résistance, une pureté.

un tenseur de courbure, ce n'est pas à la portée des béotiens. Tandis que la masse, l'énergie, tout le monde connaît, ou croit connaître. $E = mc^2$... Voilà une équation lumineuse, et même lumineuse au carré ! Ce qu'elle signifie, peu importe. Il paraît que le E peut être l'énergie rayonnée par le Soleil quand le m est la masse perdue au cours des réactions nucléaires qui le font briller, ou l'énergie dégagée par une bombe atomique quand l'uranium, en fissionnant, perd de la masse. A vrai dire, il vaut mieux oublier tout cela et considérer $E = mc^2$ comme définitivement incompréhensible. Ce qui compte, c'est qu'un être humain ait pu avoir accès à un tel secret.

L'hypothèse de la révélation est intéressante, mais pourrait aussi bien s'appliquer à Newton ou à Léonard de Vinci. L'historien des sciences américain Gerald Holton, grand spécialiste d'Einstein, en a émis une autre plus spécifique. Selon lui, la pensée d'Einstein, dont le génie a consisté à déceler des asymétries dans les lois physiques, à résoudre des paradoxes, à unifier des polarités opposées, est absolument indissociable du personnage Einstein, ce dernier étant de fait on ne peut plus paradoxal : à la fois vieux sage et très gamin, homme public et solitaire, rationaliste et intuitif, athée et religieux, il s'offre d'emblée au jeu de la mythification, l'image que l'on se fait de lui en appelant aussitôt une autre, antithétique. D'autre part, nous dit Holton, « son style de vie était calqué sur les lois de la nature ». En effet, alors que Guillaume d'Occam (1285-1349) est devenu célèbre pour son rasoir (« Il est vain de travailler avec plus d'entités quand il est possible de travailler avec moins »), Einstein, lui, se rase avec : « Je me rase avec du savon ; deux savons, c'est trop compliqué. » En somme, Einstein ne découvre rien, ou plutôt il ne peut s'empêcher de découvrir. Il est tellement nature qu'il lui suffit de pratiquer l'introspection pour que la nature se rende avec ses lois, ses armes et ses bagages, et que se dissolvent les vieilles polarités que nous avions toutes les raisons de croire éternelles : l'espace et le temps ne font qu'un, la matière et l'énergie aussi

$E = mc^2$ serait donc l'*expression* mathématique du personnage, du concentré d'Einstein *(Einstein = mc²)*, ce qui est d'autant plus vraisemblable que le petit Albert a longtemps souffert d'un problème de langage. Il n'a parlé que fort tard et a eu toute sa vie de grosses difficultés à s'exprimer. Selon Einstein lui-même, cela explique peut-être son talent à manier les concepts, à jouer avec les idées et les images mentales, à surprendre – inconsciemment et hors de toute formulation – des connexions nouvelles entre elles. Après son $E = mc^2$, terriblement efficace mais incompréhensible, Einstein nous offre à méditer une ultime formule : ce qui se conçoit bien ne s'énonce pas du tout.

Le beau visage de Miss Helen Wills après l'« analyse harmonique » qu'en a fait Matila Ghyka. Le quadrillage fait apparaître une « section dorée rigoureuse ».

In Matila C. Ghyka, *Le Nombre d'or*. © Éditions Gallimard.

Le nombre d'or de Matila Ghyka

Il y a ceux qui détestent les quatre, ceux qui adorent les neuf, les superstitieux qui ajoutent les chiffres de l'année à venir pour savoir si elle sera bonne, les anxieux qui additionnent les plaques d'immatriculation ; il y a même des génies de l'arithmétique qui entretiennent avec les nombres des relations carrément intimes, tel le mathématicien prodige Ramanujan à qui un ami rendit un jour visite en déclarant :

– Je viens de prendre le taxi n° 1729, j'espère que ce n'est pas un mauvais signe.

– Pas du tout, rétorqua aussitôt Ramanujan, c'est le plus petit nombre qui puisse s'exprimer de deux façons différentes comme somme de deux cubes.

Et puis il y a le commun des mortels, moyennement porté sur l'arithmétique et la numérologie, mais inconsciemment persuadé que les chiffres ont des pouvoirs occultes. En témoigne le succès littéraire du nombre d'or, sur lequel des dizaines de théories ont été échafaudées et des milliers de pages écrites. Ce nombre, baptisé ϕ, est non seulement une réelle curiosité mathématique, mais il serait connu depuis la nuit des temps. Avant Le Corbusier, qui en prônait l'usage en architecture, on le retrouverait chez nombre de peintres du début du siècle, dans les cathédrales gothiques, sur la façade des temples grecs et jusqu'au cœur de la Grande Pyramide. On chuchote même qu'il aurait traversé les siècles, transmis de bouche de pythagoricien à oreille d'initié, comme un secret universel et immuable. Les marbres de Praxitèle, comme les tableaux de Seurat, seraient ainsi conçus selon les règles de la « divine proportion ».

L'expression date de 1509, année de publication du monumental *De divina proportione* (illustré par Léonard de Vinci), où le mathématicien italien Luca Pacioli s'intéressait à un curieux rapport déjà repéré par Euclide : « Une droite est dite être coupée en extrême et moyenne raison quand, comme elle est tout entière relativement au plus grand segment, ainsi est le plus grand relativement au plus petit. » En clair, quand on partage un segment en deux parties, une grande et une petite, la proportion est « divine » ou « dorée » si le rapport du grand au petit est égal au rapport du segment entier au grand. Nul besoin d'avoir une bosse géométrique très développée pour montrer que ce rapport vaut $\dfrac{1+\sqrt5}{2}$, soit 1,618034…

Ce nombre a plusieurs particularités amusantes : si on lui ôte 1, on obtient son inverse : 0,618034… ; l'élever au carré revient à lui ajouter 1 puisque l'on obtient 2,618034… φ est aussi le résultat de :

$$\sqrt{1+\sqrt{1+\sqrt{1+\sqrt{1+…}}}}$$

et de :

$$1+\cfrac{1}{1+\cfrac{1}{1+\cfrac{1}{1+…}}}$$

Tout cela, on le voit, confine au summum de la beauté mathématique, mais ne nous avance guère pour comprendre le succès du nombre d'or. Les ouvrages qui lui ont été consacrés n'étaient pas, en effet, des livres de mathématiques, mais bien davantage des livres mystiques et ésotériques faisant de φ une bribe miraculeusement conservée du Savoir des anciens Initiés, ou montrant, schémas à l'appui, comment la façade du Parthénon s'inscrit dans un rectangle d'or (de côtés 1 : 1,618). Le plus célèbre est *Le Nombre d'or* (1931) où un étrange avocat, ingénieur et diplomate roumain, Matila Ghyka, affirme avoir découvert « les lois du Nombre gouvernant à la fois l'harmonie du cosmos et de la beauté ». D'un lyrisme envoûtant, sa prose mêle adroitement l'art, les mathématiques et la métaphysique dans le but de prouver que le nombre d'or est la clé de la beauté et de la vie (il n'est qu'à observer, par exemple, la coquille d'un nautile, dessinée selon une spirale logarithmique où intervient φ).

Ghyka cite ses sources – Pacioli, Euclide, Pythagore –, mais il s'abreuve en réalité à des études beaucoup plus récentes, et exclusivement allemandes : au philosophe Adolf Zeising, qui affirmait en 1870 que la beauté est proportion (dorée, bien sûr), puisque « le beau est l'harmonie qui relie l'unité à la diversité » ; au physicien Gustav Fechner, apôtre d'une esthétique expérimentale, qui montra qu'une grande majorité de personnes trouve le rectangle d'or plus agréable que tous les autres rectangles ; au père Desiderius Lenz, enfin, un moine bénédictin fou de géométrie qui enseignait un art sacré où intervenait, on l'aura deviné, la divine proportion. Entre eux et Luca Pacioli ou les Grecs, rien. Rien d'autre que l'imagination débordante de Matila Ghyka dont le rêve inavoué était sans doute de fonder l'Occident, sa mystique et son esthétique, sur des bases indiscutables. « C'est la géométrie, affirmait-il, qui a donné à la race blanche sa suprématie technique et politique. »

Méfions-nous des nombres, surtout s'ils sont dorés ! Ce mot d'ordre, qui ne viendrait à l'esprit d'aucun mathématicien, a guidé le patient travail de recherche d'une historienne d'art, Marguerite Neveux, qui a rassemblé tous les détails de l'histoire narrée ici. Persuadée que l'art est avant tout le rejet des lois et des théories – eussent-elles 2 000 ans d'âge –, elle a entrepris de vérifier si les peintres modernes, et singulièrement les Signac, Seurat, Sérusier ou Manet, avaient bien eu recours au nombre d'or pour composer leurs tableaux. Épluchant les textes et les correspondances, analysant les radiographies de tableaux et les esquisses préparatoires, elle en est venue à une conclusion qui vaut son pesant d'or : tous ces artistes divisaient leurs toiles en huitièmes, ce qui est à la portée d'un enfant de huit ans ; 4/8 (la moitié) est la symétrie parfaite ; 6/8 (les trois quarts) n'a guère de valeur esthétique ; 5/8 en revanche, qui est moins trivial, se trouve être à la base de la composition d'une multitude d'œuvres. Or 5/8 vaut 0,625, soit φ à 7 millièmes près… c'est-à-dire la largeur d'un pinceau. Un trait de peinture qui suffit à renvoyer Matila Ghyka à ses rêves dorés, le père Lenz à sa règle et à son compas, et le nombre d'or au rayon des curiosités mathématiques.

Si le partage en extrême et moyenne raison n'est somme toute pas très raisonnable, on voit bien pourquoi il a déchaîné les passions. Le petit rapport égal au grand, la similarité d'une division à elle-même, le microcosme dans le macrocosme ont d'évidentes racines mystiques que quelques références grecques ou moyenâgeuses ont suffi à réveiller. Le cerveau humain, après tout, doit bien communiquer en quelque façon avec le cosmos dont il est une partie intégrante ; le fait que ses neurones se mettent à frétiller à la vue de la proportion dorée le met d'emblée en communication avec les sphères les plus éthérées de la mathématique – langage nécessairement divin puisque épuré et quasi inaccessible. Le nombre d'or, véritable petit nirvana arithmétique, est donc une voie privilégiée de communication avec l'au-delà et une preuve irréfutable de la nature divine de l'homme. Pour accéder au paradis, aurait pu conseiller Ramanujan, prenez le taxi n° 1,618034…

Les adeptes du nombre d'or étant tout de même moins nombreux aujourd'hui que dans les années trente, une autre curiosité mathématique plus récente est venue prendre le relais. Il s'agit des fractales, formes « autosimilaires » générées par ordinateur à partir d'équations simples. Ces vertigineuses mises en abîme répètent le même motif à toutes les échelles, leur plus petite partie étant semblable au tout. L'engouement pour ces surprenantes images a suscité une véritable mode (on trouve des tee-shirts et des parapluies fractals) et quelques délires tout à fait nombre-d'orisants, assimilant ces formes à l'« empreinte de Dieu ». La divine fractale pourrait bien ainsi remplacer le nombre d'or. On attend impatiemment le nouveau Ghyka, version cyberpunk, qui prouvera que les australopithèques (dont les capacités de calcul étaient stupéfiantes) dessinaient déjà sur le sable de leurs abris sous roche des arabesques fractales.

Alice : « Pouvez-vous me dire, s'il vous plaît, par où je dois m'en aller d'ici ? »
Le chat-du-comté-de-Chester : « Cela dépend beaucoup de l'endroit où tu veux aller.
– Peu m'importe l'endroit...
– En ce cas, peu importe la route que tu prendras... »

© Sir John Tenniel.

Le chat de Schrödinger

Dans une vision « classique », remarquait Roland Barthes, « le langage scientifique est considéré comme un instrument aussi transparent et aussi neutre que possible ». Il serait en quelque sorte objectif et tout au service du contenu. Aux antipodes du langage littéraire, il exprimerait de cette manière l'universalité de son objet d'étude. En réalité, écrit l'universitaire David Locke dans *Science as Writing*, « l'histoire que la science raconte est une histoire vraie mais ce n'est jamais la vraie histoire et c'est toujours une histoire ». Le langage de la formulation scientifique participe de sa représentation du monde. D'abord parce qu'une publication scientifique comporte ce que Sir Peter Medawar, prix Nobel de médecine en 1960, nommait « une hypocrisie calculée », c'est-à-dire la sélection et la mise en forme des résultats, le choix des personnes ou des travaux cités, bref toute l'organisation de l'article pour qu'il apparaisse selon les canons du journal où il est publié. Ensuite parce que « toutes les découvertes, comme l'écrivait le physicien Erwin Schrödinger, même les plus ésotériques et d'avant-garde, perdent leur sens en dehors de leur contexte culturel » : l'atome de Lucrèce n'est pas l'atome de Dalton qui n'est pas celui de Bohr et encore moins celui de Schrödinger. Enfin parce que certains récits scientifiques prennent un essor qui, dépassant les intentions de leur auteur, les entraînent dans les régions du mythe. Bien que peu répandue, l'histoire du chat de Schrödinger est à cet égard un cas d'école.

D'une certaine manière, elle naît d'une interrogation sur la nature de l'atome et des constituants élémentaires de la matière. Pour tout le monde, le sigle est familier. Quelques cerceaux entrecroisés sont centrés sur une bille. Sur l'un d'eux tourne une bille de dimension plus modeste que la précédente. Cet ensemble, c'est l'atome. Un minuscule système solaire dont le noyau est le soleil, et l'électron une planète en orbite circulaire sous l'effet de l'attraction électrique. Le physicien néo-zélandais Ernest Rutherford l'imagina comme tel, au début du siècle, à la suite d'une expérience célèbre indiquant que des particules alpha (des noyaux d'hélium) projetées sur une mince feuille d'or sont parfois déviées, voire complètement réfléchies, par les noyaux des atomes d'or. Le modèle est moribond sept ans plus tard et enterré à la fin des années vingt, encore qu'il soit toujours enseigné dans les écoles et reste indéfectiblement lié à la représentation que nous nous faisons de l'atome. Pourquoi l'atome « quantique » qui va lui succéder ne s'est-il pas imposé au-delà d'un cercle restreint de scientifiques ? C'est qu'il n'est pas représentable avec des images déjà connues. Comme l'écrit le physicien Fritz Rohrlich, « le langage n'a pas de mots pour le monde quantique ». Et pas d'images immédiates. Comment dessiner quelque chose qui apparaît parfois comme une onde, parfois comme une particule, le plus souvent ni comme l'une ni comme l'autre et qui, en dehors des moments où on l'observe, n'a rien en commun avec notre expérience quotidienne ? Il n'est pas représentable et, qui plus est, en rupture avec la vision mécaniste traditionnelle du modèle planétaire.

Ni onde ni corpuscule, un électron, ou tout autre constituant de la matière, est depuis 1930 décrit par une « fonction d'onde » (ψ) indiquant qu'il est étalé dans une zone de l'espace avec une probabilité de présence plus ou moins importante. Ce n'est qu'au moment de l'observation, donc de la mesure, que cette fonction d'onde, qui est un catalogue, une superposition de tous les états possibles, semble se réduire à une seule possibilité, c'est-à-dire à un seul état. Les physiciens appellent cela la réduction du vecteur d'état, et de cette réduction naît le paradoxe du chat de Schrödinger.

L'autrichien Erwin Schrödinger (1887-1961) est l'un des pionniers de cette mécanique des quanta qui va bouleverser la physique du XXᵉ siècle. L'un des fondateurs d'une nouvelle conception de la matière, « beaucoup moins matérialiste » selon ses propres termes que celle du XIXᵉ siècle. Philosophe autant que physicien, il considère que le but et la valeur des sciences est de répondre à la question : « Qui sommes-nous ? » Esprit fécond, il écrit un livre en 1944, *Qu'est-ce que la vie ?*, qui influencera profondément les créateurs de la biologie moléculaire. Dans une analyse des relations entre le macroscopique et le microscopique, il en vient à supposer l'organisation des atomes de l'hérédité selon une structure cristalline apériodique. Parmi ses lecteurs se trouveront les futurs découvreurs de la structure hélicoïdale de l'ADN.

Mais l'essentiel de son œuvre sera consacrée à la conception de la mécanique quantique d'abord, à la réflexion sur ses implications ensuite. Qu'est-ce que la matière, ou plutôt comment notre esprit se représente-t-il la matière ? Voilà la question qui hante le physicien autrichien. Il va trouver de quoi exercer son esprit lorsque Einstein publie en mai 1935 un article qui met en cause la validité de la mécanique quantique à travers le problème de la mesure. Pour Schrödinger, la fonction ψ (Psi la bien nommée) décrit la réalité d'un système unique. Pour Einstein au contraire, qui campera sur cette position jusqu'à son dernier souffle, elle est une description statistique d'un ensemble de systèmes.

Dans un échange épistolaire datant du mois d'août 1935, on voit dans les deux métaphores qui vont s'affronter la nature du changement de paradigme.

Supposons *(écrit Einstein à Schrödinger)* que le système soit une substance en équilibre chimique instable, un baril de poudre par exemple, qui, du fait des forces internes, peut s'enflammer, et que sa durée de vie moyenne soit de l'ordre de grandeur d'une année. Le système peut en principe être très facilement représenté en mécanique quantique. Initialement, la fonction d'onde ψ caractérise un état macroscopique assez précisément défini. Mais ton équation se charge de faire en sorte qu'au bout d'un an ce ne soit plus le cas. La fonction ψ décrit alors plutôt une sorte de mélange concernant le système qui n'a pas encore explosé et le système qui a déjà explosé. Aucun art de l'interprétation ne pourra transformer cette fonction en une représentation adéquate d'un état de choses réel.

Par retour du courrier, Schrödinger réplique :

Dans une chambre forte se trouve enfermé un compteur Geiger qui est chargé avec une très petite quantité d'uranium, si petite que, dans l'heure qui suit, la probabilité pour qu'un atome se désintègre est la même que celle pour qu'aucun atome ne se désintègre. Un relais amplificateur a pour fonction de faire en sorte qu'à la première désintégration atomique un flacon contenant de l'acide cyanhydrique soit brisé. Ce flacon et – cruelle circonstance – un chat se trouvent aussi dans la chambre forte. Au bout d'une heure, il y a dans la fonction ψ du système global, mélangés à part égale, le chat mort et le chat vivant, *sic venia verbo*.

C'était poser clairement le problème de la mesure quantique. Il faut bien en effet réduire à un moment ou à un autre le paquet d'ondes, c'est-à-dire ici passer de la superposition de deux états (chat mort et chat vivant) à un seul.

Il n'y a apparemment que deux solutions. Dans la solution idéaliste, longtemps défendue par Eugene Wigner et John von Neumann, c'est lorsqu'un observateur regarde par la lucarne et voit le chat que, par un acte transcendant de la conscience, la superposition des états cesse. Si l'on suppose toutefois que la lucarne n'est pas directement accessible à l'observateur mais reliée à un appareil photo dont on ne développera la pellicule qu'un an plus tard, il devient difficile de prétendre que la reconnaissance tardive de l'état du chat par l'observateur puisse remonter le cours du temps. Dans la solution matérialiste, c'est plutôt le dispositif de déclenchement qui réduit le paquet d'ondes, car le passage du microscopique (atome d'uranium) au macroscopique (dispositif) fait disparaître les effets quantiques. Précisons que cette solution présente elle aussi ses difficultés avec, entre autres, la possibilité d'action à distance instantanée.

En résumé, l'histoire du chat souligne que la présence de l'observateur perturbe la mesure. Cette perturbation entraîne la réduction du paquet d'ondes, donc – et c'est heureux – un résultat tangible (une trace dans une chambre à bulles, une scintillation d'un écran et, au bout du compte, la vie ou la mort du chat). Mais la théorie quantique, si puissante dans son emploi, n'offre pas de théorie correcte de la mesure. Voilà pour la question posée par le paradoxe du chat.

Que nous raconte de plus notre minet ? D'abord qu'on est très loin de la vulgate sur l'existence d'une vérité objective sur le monde et celle de lois gouvernant la nature, qu'il y ait ou non des observateurs humains pour les dévoiler. Pour Bohr et Heisenberg (on sait aujourd'hui qu'ils ont tort du point de vue « quantique »), nous ne pouvons observer un objet sans le modifier ou l'affecter. Pour eux, dit Schrödinger, « la mystérieuse frontière entre le sujet et l'objet s'est effondrée ». Lui-même n'adhérait pas à cette idée. « L'esprit qui observe n'est pas un système physique et ne peut être mis en interaction avec aucun système physique. » Comme dans *Le Masque de la mort rouge*, disait Schrödinger qui aimait Edgar Poe, lorsqu'un danseur plus courageux vient soulever le masque de l'inconnu, il ne trouve que le vide. De la même manière, l'observateur ne peut pas être trouvé dans notre représentation du monde parce qu'il *est* notre représentation du monde et, faisant partie du tout, ne peut apparaître dans une partie.

Le chat nous dit ensuite qu'il est vivant, et présent en tant que tel dans l'argumentation de Schrödinger. C'est assez neuf en physique, où il n'est pas d'usage de faire appel à un système aussi complexe. C'est précisément ce qui invalide la métaphore, puisque notre minet, système vivant, est nécessairement un système ouvert, non isolé. Or, la théorie quantique classique, celle de von Neumann, ne sait décrire que des systèmes fermés, donc isolés. Le point de vue moderne (Roland Omnès, Wojciech Zurek et Robert Griffiths en particulier) met, lui, l'accent sur l'interaction entre le système, l'appareil et le milieu ambiant. C'est, selon eux, la « décohérence » due au milieu qui explique l'apparente réduction du vecteur d'état.

Que les seules idées à avoir (un peu) diffusé dans la culture générale soient le chat et, entraînés avec lui, le principe d'incertitude[13] et l'idée générale d'une physique indéterministe, tient sans doute à trois raisons. D'abord, la difficulté d'approche de la physique quantique (dont l'arsenal mathématique, cependant, n'est pas plus complexe que celui de la relativité générale) lui donne une aura ésotérique assez commode pour qui veut s'établir comme gourou : au début des années quatre-vingt, un poster de la « Méditation transcendantale » présentait sur la moitié gauche une liste de préceptes et sur la droite une liste d'équations choisies parmi les plus hermétiques de la physique quantique et relativiste. Ensuite, dans une époque incertaine, une science qui semble gérer l'incertitude a quelque chose de rassurant. Enfin, à travers ses divers paradoxes (sans oublier la présence tutélaire d'Einstein réputé n'avoir jamais renoncé à trouver un « élément de réalité »), la physique quantique paraît plus qu'une autre avoir cherché, au-delà des ombres de la caverne, le

---

13. Énoncé en 1927 par Heisenberg, ce principe stipule qu'il est impossible d'attribuer à une particule, à un instant donné, une position et une vitesse déterminées : mieux la position est définie, moins la vitesse est connue et *vice versa*. On parle aujourd'hui de principe d'indétermination pour signifier que le flou tient à la nature des particules, non aux appareils qui les mesurent.

secret de la nature du monde. Voilà sans doute pourquoi, si les chats « aux prunelles mystiques » de Baudelaire flirtaient avec l'Au-delà, le chat de Schrödinger, en vraie bête du seuil, flirte avec le réel.

Les ovnis sont-ils des missiles russes ou des armes secrètes de l'armée américaine ? Dans *Derrière les soucoupes volantes* (1950), Frank Scully s'attaque ouvertement aux services secrets américains, qu'il accuse de dissimuler la vérité. « Mr. Scully a déchiré le voile du secret qui entoure ce sujet controversé, et les faits surprenants qu'il présente ici – ignorés des bureaucrates du Pentagone et des adeptes du secret-défense – ne se trouvent dans aucun autre livre », annonce la quatrième de couverture, qui en dit cependant moins long sur le mythe des ovnis que la couverture elle-même.

Couverture de l'édition de poche de l'ouvrage de F. Scully. © D.R.

Les ovnis

Dans un livre publié en 1993, un journaliste français, ancien présentateur de télévision, exprimait dans son titre une délicate relation : *Ovnis : la science avance.* Dans cette métaphore en forme de rouleau compresseur, l'auteur assénait on ne peut plus clairement la conviction que les visiteurs venus d'outre-planète existent. Nonobstant, notre science accumule, petite fourmi laborieuse, les preuves de cette révélation. Accessoirement et très probablement sans en avoir conscience, le journaliste en question reconnaissait haut et fort que la science moderne est pour le pékin moyen une escadrille d'ovnis planant sur nos vies quotidiennes, présente dans ses manifestations, invisible et incompréhensible dans sa nature. Car tout dans les ovnis nous ramène à la science. Et d'abord leur acte de naissance, à l'été 1947.

Le 24 juin précisément, Kenneth Arnold, domicilié à Boise en Idaho (États-Unis), survole la région qui va du mont Rainier au mont Adams, dans l'État de Washington. Aux commandes de son avion de tourisme, Arnold observe neuf objets brillants qui volent à une altitude de 3 000 m et à une vitesse, incroyable pour l'époque, qu'il estime de l'ordre de 1 700 km/h. A Bill Bequette, journaliste local qui le questionne après son arrivée, il explique que ces objets ondulaient comme *« a saucer skipping over water »*, une soucoupe rebondissant sur l'eau. Dans les heures qui suivront, la métaphore vaudra description et les *« flying saucers »*, selon la formule d'un rédacteur en chef inspiré, feront le tour des États-Unis en première page des quotidiens. Le bal des ovnis est ouvert.

Et chaudement fréquenté, si l'on en juge par un sondage Gallup du 19 août 1947, où l'on apprend que, sur dix citoyens américains, neuf ont entendu parler des soucoupes volantes tandis que deux ou trois au plus connaissent le plan Marshall de reconstruction de l'Europe. Pour tous ceux qui vont se passionner pour cette histoire et celles qui suivront, un terme viendra supplanter et rassembler les descriptifs utilisés dans les témoignages qui commencent dès l'année précédant l'observation d'Arnold, en Finlande et en Suède : les cigares volants, fusées fantômes et autres boules de feu seront désormais désignés comme des UFO *(Unidentified Flying Objects)*, en français « objets volants non identifiés ». Des enquêteurs de l'US Air Force, soucieux de rationaliser un langage trop folklorique à leur goût, exprimaient par cet acronyme l'objectivité de leur démarche. Ce faisant, remarquait Keith Thompson dans son livre *Angels and Aliens*, ils déterminaient les ovnis comme des objets – ce qui était précisément à démontrer – non identifiés – ce qui présupposait qu'ils étaient identifiables.

Cinquante ans plus tard, la question traditionnelle – les ovnis sont-ils réels ou symboliques (autrement dit le produit de l'inconscient collectif) ? – n'a pas reçu de réponse convaincante. On se passera avantageusement du débat en constatant que les histoires d'ovnis perdent tout intérêt dès que leur déroulement conduit à la description d'un « contact ». Autant les préliminaires étaient riches, autant la rencontre devient fade. A la série noire de bonne cuvée succède une bluette triste et fade dans laquelle les personnes enlevées par des extraterrestres sont conditionnées pour oublier les détails de la rencontre. Tout le folklore ancien (traces, entités lumineuses, apparitions nocturnes, etc.) illumine la première partie de récits qui s'éteignent dès qu'il s'agit de décrire les petits hommes gris ou verts et autres pilotes d'engins intersidéraux. Oublions à notre tour la question au profit d'une autre, non moins intéressante : pourquoi les ovnis sont-ils apparus à ce moment précis de notre histoire ?

Tout d'abord, il ne s'agit pas de leur première apparition

dans le ciel des hommes. Sous une forme ou sous une autre, il y a plusieurs siècles qu'ils traversent nos cieux comme ces « têtes qui roulent » des mythes guyanais ou pawnees auxquels Lévi-Strauss suggère que les ovnis se rattachent. Mais, d'où qu'ils surgissent, leur bulletin de naissance moderne les situe dans l'immédiat après-guerre.

Deux ans avant l'observation d'Arnold, une drôle de soucoupe est venue illuminer la région de Jornada del Muerto, à Alamogordo, Nouveau-Mexique. La première bombe atomique a explosé le lundi 16 juillet 1945 à 5 h 29 du matin. Kenneth Bainbridge, responsable de l'essai « Trinity », se tourne vers Oppenheimer et lui dit : « Désormais, nous sommes tous des fils de pute. » Quelques semaines plus tard, deux bombes ravagent Hiroshima, puis Nagasaki. Pour la première fois de son histoire, l'homme possède l'arme adéquate pour détruire sa planète. C'est du moins l'impression des Occidentaux lorsqu'ils découvrent les photos des cités japonaises ou de ce qu'il en reste. Désormais, la science n'est plus vierge aux yeux de l'opinion publique. L'explosion de « Trinity » est venue symboliser une évolution perceptible depuis la Première Guerre mondiale. Les scientifiques ne sont plus les explorateurs de la connaissance bénéfique et désintéressée qui devait faire le bonheur de l'humanité. La science est morte, vive la technoscience.

Y a-t-il là de quoi créer des ovnis ? De quoi, en tout cas, réclamer de ses vœux un recours contre une horreur qui semble aussi imprévisible que latente. De quoi rêver d'une puissance souveraine et bienveillante qui, elle, maîtriserait notre science. C'est d'ailleurs ce qu'exprimera un film de Robert Wise en 1951, *Le Jour où la Terre s'arrêta*, qui raconte comment un être venu des étoiles demande aux Terriens de mettre fin à leurs essais nucléaires. Un message répété quarante ans plus tard dans le film *Abyss*, où des extraterrestres cachés au fond d'une fosse océane empêchent une bombe H d'exploser. Magie blanche, magie noire, est-ce la fonction des ovnis que de résoudre la contradiction entre la pénicilline et Hiroshima ?

Michelet, analysant la fonction de la sorcière au Moyen Age, écrit que sa révolte lui paraît commandée par le désespoir contemporain dans une période particulièrement sinistre pour les femmes. La sorcière, unique médecin du peuple, aurait favorisé, sinon conditionné, l'apparition de la science moderne : « La sibylle prédisait le sort, la sorcière le fait. » L'une lit un avenir figé, déjà écrit, l'autre conjure et agit. Les ovnis, d'une certaine façon, sont dans le même rapport à l'astrologie. Par la « science du décret des étoiles », les astrologues lisent la destinée dans la position des constellations ; les ovnis venus des étoiles seraient, eux, capables de modifier notre destin. Leur fonction paraît alors commandée par l'impuissance devant une science dominatrice qui s'offre comme recours unique, sans en avoir évidemment les moyens. D'où l'une, sinon la principale, des caractéristiques des ovnis : venus d'un paradis technicien, ils échappent à notre science en défiant les lois de la nature telles que nous les avons établies. Capables de vols stationnaires silencieux puis de déplacements à des vitesses impossibles, ils sont bien sûr invisibles aux radars.

Ils font partie de l'avenir, ils sont cet avenir dont les publicités nous disent et nous ressassent qu'il faut se dépêcher d'y entrer. Car aujourd'hui, le présent n'est plus compris à partir du passé mais en fonction d'un avenir à inventer et à construire. Dans une époque où les objets manufacturés se chassent mutuellement – ici c'est un ordinateur « dépassé » six mois après son apparition en magasin, là une technique déjà condamnée au moment où elle est mise en œuvre –, dans une époque surtout où l'information numérisée est la vraie richesse, les ovnis sont rassurants parce qu'ils sont tellement en avance, tellement loin dans l'avenir qu'ils n'ont pas besoin d'évoluer. Ils peuvent être stationnaires, nous ne le pouvons pas. Ils sont purs, nous sommes impurs. Voilà pourquoi Lacombe, le savant humaniste, rationnel mais (donc) imparfait du film *Rencontres du troisième type*, ne peut pénétrer dans le vaisseau extraterrestre de Spielberg : contrairement aux enfants, et aux (rares) adultes qui ont su rester purs, il est porteur du péché originel de la science symbolisé par Hiroshima. En suggérant l'existence d'un point lointain mais statique où nous connaîtrions totalement l'univers, les ovnis incarnent l'espoir d'une virginité retrouvée de la science.

« Quoi ! C'est ça, le *Big Bang* ? »

Le Big Bang

Avec ses effluves de *comic strip*, le Big Bang pourrait figurer dans une bulle sortie de la bouche d'un héros de Marvel. Une éclaboussure de couleurs primaires échappée d'une de ces revues américaines où des héros mythologiques ou folkloriques font usage de leurs superpouvoirs. Le signe, réduit à l'extrême, d'une science pénétrant en fanfare dans le monde des médias où l'universalité et l'impact dépendent de la brièveté de la communication. Non pas la formule magique d'Einstein, le secret du monde résumé en trois lettres incompréhensibles mais en quelque sorte « cuites », $E = mc^2$, mais plutôt l'onomatopée primordiale, « crue » et révélatrice d'un changement que Marshall McLuhan avait résumé d'une formule célèbre : *« Le message est un massage. »* Lorsque Michel Rocard, lançant un vibrant appel à l'unité du PS, proposait de le secouer d'un vigoureux Big Bang, il pensait d'une image suggérer à l'opinion publique le grand chambardement d'une renaissance suivie d'une expansion. Mais, en politique comme en science, les métaphores sont à double tranchant.

Pourquoi Big ? Pourquoi Bang ? Pour le Big, c'est facile. Prenez une étoile, disait Eddington, multipliez-la par cent mille millions et vous obtenez une galaxie ; prenez une galaxie et multipliez-la par cent mille millions et vous obtenez un univers. On n'imagine pas un pet de souris à l'origine de cette immensité cosmique. Constatons toutefois qu'à l'époque de la *Big Science*, le terme apparaît à point nommé pour s'inscrire dans ce que le physicien Alvin Weinberg appelait les « symboles de notre temps », accélérateurs de particules, réacteurs nucléaires expérimentaux et autres navettes spatiales. « Ces instruments, disait-il, expriment les valeurs et les aspirations profondes de notre culture tout comme les pyramides et les cathédrales en leur temps. » Et il concluait sur un avertissement – c'était en 1961 – où il citait les trois fléaux de la *Big Science* : l'argent, les médias, les administrateurs, le premier réclamant les deux autres, pour l'obtenir d'abord, pour le gérer ensuite. D'où la nécessité de s'exprimer dans la *lingua franca* du troisième millénaire d'une part, de justifier les investissements colossaux par des résultats *ad hoc* d'autre part.

Pour le Bang, c'est moins net. Le terme suggère une explosion et donc un point particulier de l'espace. Or la théorie fait naître l'espace et le temps à ce moment-là, et, de toute façon, pour reprendre la publicité d'un film de science-fiction, « dans l'espace on ne vous entend pas crier ». De fait, une onde sonore ne se propage pas dans le vide. Mais ce Bang a un aspect rassurant, un côté mur du son. Il passe dans nos esprits comme le supersonique qui paraphe le ciel de son panache blanc. Pourquoi cette traînée, pourquoi ce bruit ? On n'en sait rien mais cela nous est familier. Dans le monde des idées, le Big Bang n'est pas moins familier et pas moins étranger. S'est-il produit il y a dix, douze, vingt milliards d'années ? Peu importe.

Ah, il y a eu un commencement. La science nous le dit, nous le confirme, et tant mieux si le mot Big Bang résume une théorie sur laquelle les scientifiques ont tout à dire ou découvrir, sauf précisément sur le premier de tous les instants, entre le temps zéro et 10^{-43} seconde, que l'incertitude quantique nous empêche d'investir. Derrière ce paravent, on choisira selon son cœur : le doigt du Tout-Puissant ou le *sensorium Dei* cher aux astronomes de la « gnose de Princeton[14] ». Le Big Bang

---

14. Dans *La Gnose de Princeton* (Paris, Hachette, 1991), Raymond Ruyer explique comment, à la fin des années soixante, des radioastronomes et des mathématiciens de l'observatoire du mont Palomar remirent « clandestinement » Dieu dans la science.

est une révélation acceptée par l'élève du collège comme l'aurait été par un papoose Omaha l'histoire du commencement racontée par son père : Alexander Eliot, ethnologue américain, raconte ainsi que, pour ces Indiens d'Amérique du Nord, toutes les créatures étaient des pensées désincarnées flottant dans l'espace. Elles allèrent sur la Terre qui était submergée par les eaux. Les pensées restaient là, désemparées. Mais un jour, un immense rocher surgit des profondeurs. Il explosa dans un fracas terrible et des flammes jaillirent vers le ciel. Les eaux s'évaporèrent et donnèrent les nuages. La terre ferme apparut. Les esprits de la végétation puis les animaux prirent forme physique. Enfin vinrent les hommes. Le mythe, disait Mircea Eliade, « raconte une histoire sacrée, relate un événement qui a eu lieu dans le temps primordial, le temps fabuleux des commencements […] C'est toujours le récit d'une "création". En outre, les mythes, à la différence des contes qui ne sont que des inventions, sont reconnus pour vrais par les sociétés qui les racontent ».

Le Big Bang nous est familier. Cela n'appauvrit pas sa consistance scientifique, bien que l'expression ait été paradoxalement choisie dans cet esprit par celui qui la forgea. C'est en effet par dérision que l'astronome Fred Hoyle l'employa dans une série d'entretiens radiophoniques de la BBC en 1950. Hoyle considérait comme parfaitement grotesque l'idée selon laquelle l'univers aurait pu naître et gonfler comme un ballon au cours des milliards d'années qui suivirent. Il n'était pas le seul. Einstein lui-même avait tout fait pour renoncer à cette hypothèse. En 1917, alors qu'il construisait un modèle cosmologique à partir de ses équations de la relativité générale, il avait constaté avec dépit que, par quelque bout qu'il les prenne, il aboutissait toujours à un univers en expansion. Du coup, et pour contraindre son modèle à rester statique, il saupoudra des ingrédients mathématiques nécessaires pour respecter à la fois la relativité et l'idée, persistant depuis deux millénaires, d'un cosmos inchangé de toute éternité.

L'artifice n'était pas convaincant. Il le sera encore moins

lorsqu'en 1929 Edwin Hubble démontrera que les galaxies s'éloignent de nous à une vitesse proportionnelle à leur distance. Plus loin elles sont, plus rapidement elles s'éloignent ; d'où l'idée d'un univers en expansion comme Einstein l'avait prévu malgré lui. Mais c'est à un abbé (belge) que reviendra l'honneur d'avoir mis les astronomes sur la piste du Big Bang. Georges Lemaître, qui s'était passé le film de l'évolution universelle à l'envers, voyait les galaxies se rapprocher de plus en plus jusqu'à former ce qu'il baptisait l'atome primordial.

Dans une conférence donnée en présence d'Einstein dans la bibliothèque de l'observatoire du mont Wilson à Pasadena, il s'exprima avec le lyrisme dont il était coutumier : « Au commencement de tout, nous avions des incendies d'une beauté inimaginable. Alors il y eut l'explosion, le *Big Noise*, suivie d'une abondance de fumée dans les cieux. Nous arrivons trop tard pour faire mieux que visualiser la splendeur de l'anniversaire de la création. » Félicitant l'abbé, Einstein lui dira chaleureusement : « C'est la plus belle et la plus satisfaisante des interprétations que j'ai jamais entendues. » Mais, aussi esthétique fût-elle, cette théorie n'était alors guère plus qu'une hypothèse. Si, trente ans plus tard, elle répugnait encore tant à Hoyle, c'est entre autres que les calculs de l'époque indiquaient que l'univers aurait eu un âge bien inférieur à celui de notre propre galaxie. Mais les partisans du Big Bang allaient bientôt remporter une bataille décisive. Imaginant les premières minutes de l'univers, Gamow, Alpher et Herman en avaient déduit que, dans la soupe cosmique de ces premiers instants, les chocs entre particules avaient dû créer de la chaleur. Cette chaleur intense devait aujourd'hui exister sous forme de photons d'énergie très basse, correspondant à une température de rayonnement de quelques degrés au-dessus du zéro absolu. En d'autre termes, ils prédisaient l'existence dans l'univers d'une mer de photons dans la gamme des ondes radio. Arno Penzias et Robert Wilson, deux radioastronomes des laboratoires Bell, découvrirent (par hasard) ce rayonnement fossile en 1965.

La théorie du Big Bang devint un triomphe et le mot de Hoyle, contre son gré, fit florès, inaugurant un nouvel âge dans la perception de la science par les médias et dans la perspective qu'ils en offrent. Un âge où les titres que les journaux consacrent à l'actualité scientifique racontent une autre histoire que celles qu'ils annoncent. « La pensée mythique, écrivait encore Mircea Eliade, travaille sur des signes, intermédiaires entre des images et des concepts. [...] C'est un bricolage intellectuel s'emparant des matériaux les plus hétéroclites qui s'avèrent disponibles. » Lorsque *Science & Vie* met à sa une « 300 millions de dollars pour vérifier Einstein » ou « Un savant élucide les mystères de l'univers », lorsque *Libération* fait son événement sur « Supraconducteurs, l'énergie TGV », lorsque *Le Monde* titre sur « La mémoire de l'eau », lorsque *L'Express* évoque un réservoir de comètes comme « La maison des SDF célestes », ce bricolage est clairement à l'œuvre. Il nous parle des hommes, petits poucets perdus dans le cosmos, en quête de leurs origines et de leur destinée.

On n'ose imaginer ce qu'il va advenir de ce vaisseau spatial bondé de stars de l'écran plongeant dans un trou noir, mais les studios Walt Disney, même dans ce cas désespéré, ont réussi à trouver un *happy end*.

© The Walt Disney Company.

Les trous noirs

Lorsque le *Palomino*, puissant vaisseau spatial sortant des studios Walt Disney, débarque sur les écrans cinématographiques en 1980, le public explore avec lui les mystères d'une singularité mathématique plus connue sous le nom de trou noir. Moyennant les péripéties d'usage, il y apprend d'abord que le champ d'attraction du trou noir est si puissant que rien (ou presque) ne lui échappe ; ensuite que « le temps s'y arrête » et que « l'espace n'y existe plus » ; enfin que sa découverte permettrait de comprendre les secrets de la création de l'univers et de son éventuelle destruction.

Les mathématiciens et les physiciens ont une autre façon de décrire ces cadavres d'étoiles. Selon eux, il y a les trous noirs de Schwarzschild (sphériques, sans mouvement de rotation ni charge électrique), ceux de Kerr (non sphériques, avec mouvement de rotation), et ceux de Reissner-Nordstrom (sphériques, sans mouvement de rotation, et chargés électriquement). Certains ont la taille d'un atome, d'autres celle d'une galaxie. A ces trous noirs classiques, il faudrait ajouter les trous noirs quantiques, mais on se contentera ici du modèle de Schwarzschild, standard et sans options, pour cerner les différences entre Disney et, si l'on ose dire, la réalité. Car, à la vérité, les scientifiques ne sont pas tous convaincus de l'existence des « astres occlus », ainsi nommés jusqu'à cette conférence du 29 décembre 1967 où John Archibald Wheeler, cosmologue réputé, les rebaptisa « trous noirs » avec un sens aigu de la communication : le meilleur des candidats, *Cygnus X-1*, est au cœur de notre galaxie, mais refuse à ce jour de se laisser étiqueter avec certitude.

Admettons toutefois leur existence pour les besoins de la comparaison. Un observateur suffisamment patient (quelques millions d'années sont nécessaires) voit une étoile dix fois plus grosse que notre Soleil se transformer en géante rouge après avoir consommé tout son hydrogène. Suite logique des choses, l'étoile consomme maintenant son hélium jusqu'à épuisement des stocks. Jusque-là, les réactions de fusion nucléaire en son cœur suffisaient à contrebalancer l'effet de son propre poids, mais plus rien désormais ne s'oppose à son effondrement gravitationnel. L'étoile se contracte jusqu'à devenir une sphère de 30 km de rayon pour une densité moyenne de 10^{15} grammes par centimètre cube (un milliard de tonnes dans le volume d'un dé à coudre). A l'intérieur, l'espace-temps est courbé de telle sorte que même la lumière, du haut de ses 300 000 km/s, ne peut s'échapper de la sphère. L'« horizon » du trou noir est défini comme la limite au-delà de laquelle la vitesse nécessaire pour échapper à son attraction devient supérieure à celle de la lumière.

Le *Palomino* pourrait toutefois s'en approcher sans grand risque. Trois physiciens [15] ont fait le calcul : les effets relativistes ne se feraient sentir qu'à partir d'une distance d'environ dix rayons du trou noir. *Grosso modo*, le vaisseau pourrait se balader jusque-là moyennant des orbites savamment calculées. Cela signifie par exemple que, si notre Soleil était brutalement remplacé par un trou noir, les planètes du système solaire ne dévieraient pas d'un iota. Il est vrai qu'on ne verrait plus grand-chose, mais c'est une autre histoire.

Si maintenant le vaisseau décidait d'envoyer une navette d'exploration dans le trou noir, celle-ci mettrait, vue du vaisseau, un temps infini pour parvenir à l'horizon du trou noir. A l'intérieur de la navette, au contraire, la durée du voyage serait limitée et même extrêmement rapide : en moins de un dix-millième de seconde, les particules, désormais dispersées, de la navette parviendraient au cœur de la singularité.

15. Richard Matzner, Tsvi Piran et Tony Rothman.

Pour résumer, le trou noir des mathématiciens et des astronomes n'a rien d'un aspirateur géant où se gèle le temps et disparaît l'espace. Si l'appropriation qui en est faite par les non-spécialistes conduit à cette image, c'est qu'elle exprime un peu plus qu'une théorie mal digérée par des vulgarisateurs sommeillants.

D'abord, et ce n'est pas une surprise, la fascination pour les trous noirs s'inscrit dans le cadre plus large d'un intérêt populaire qui ne s'est pas démenti depuis le XIXᵉ siècle. De Camille Flammarion à Stephen Hawking en passant par Hubert Reeves et Steven Weinberg, on ne compte plus les succès de l'astronomie en librairie.

Il suffit évidemment de contempler la Voie lactée une nuit d'été pour saisir l'une des raisons de ces succès. Nous en avons hérité une autre des Chaldéens, puis des Grecs et de tous ceux qui se sont demandé comment les étoiles pèsent sur nos destinées. Astrologie et astronomie se rejoignent ici comme deux sœurs qui, aujourd'hui encore, ne sont jamais très lointaines : c'est ainsi, parmi bien d'autres exemples moins célèbres, que, dans un lapsus qui sans nul doute lui brûla les lèvres avant de refroidir ses auditeurs [16], François Mitterrand s'adressa à eux pour vanter les mérites de l'astrologie. Chez les Grecs, le mot signifie proprement « étude des astres », que cette étude soit descriptive ou qu'elle concerne l'influence des étoiles sur la destinée humaine. Le second sens prévaut en grec tardif et en bas latin dès lors que la foi stoïcienne en la nature divine des astres sera largement diffusée. Le marché devenant florissant, l'astrologie s'oriente naturellement vers une pratique conjecturale faisant commerce de la prédiction et laisse la prévision aux astronomes, même si, à l'image du grand Kepler, bon nombre d'entre eux conserveront une petite activité astrologique. Il faut bien faire bouillir la marmite.

Un détour dans les journaux féminins à la page horoscope

---

16. C'était à l'occasion du colloque national « Recherche et technologie » en 1982.

suffit pour se convaincre que l'astrologie actuelle est loin, très loin de l'onirisme. Vie professionnelle, amour, forme – on nage dans le pratique, dans le quotidien. L'astrologie, qui aurait pu s'installer comme contrepoids d'une science (apparemment) froide et rationnelle, s'est au contraire empressée dans son discours de singer sa puissante sœur. Laquelle n'a pas de mal à endosser d'autres habits que les siens puisque, dans l'esprit du public, elle est bien capable de prévoir le mouvement d'une comète ou le sort d'une étoile, et que de surcroît elle offre dans sa quête de nos origines le fabuleux aspect qui manque si cruellement à l'astrologie moderne.

Ainsi cadrée, la question reste entière de savoir pourquoi, dans le merveilleux bestiaire de l'astronomie moderne, parmi les géantes rouges, les naines blanches, les étoiles à neutrons, les quasars et autres pulsars, les trous noirs bénéficient d'une cote de popularité aussi ravageuse.

Un contrat, paraphé par un peintre catalan du XVe siècle, stipule que les diables du tableau ne seront pas tous noirs, mais qu'on y verra aussi des rouges et des verts. D'où l'on conclut, raconte Jean Minois dans *L'Église et la Science*, que le commanditaire en voulait pour son argent, mais aussi que le noir, dans la chrétienté, est la couleur du diable. Sans prétendre que le trou noir a vocation dans notre imaginaire à remplacer l'enfer, il est probable que son aspect Baal-Moloch dévorant (« Les cannibales du cosmos », titrait *L'Express* à leur sujet) est assez séduisant. Mais ses attributs (mythiques) sont plus intéressants : il absorbe la lumière et il gèle le temps. C'est là, semble-t-il, que, dans ce que nous imaginons du trou noir, s'exprime une crainte plus exemplaire de notre époque. « Par les chemins de fer, écrivait Heinrich Heine vers 1850, l'espace est anéanti et il ne nous reste plus que le temps. » Un siècle et demi plus tard, l'inquiétude s'est déplacée de l'espace vers l'espace-temps. Nous avons fondé une civilisation industrielle qui repose sur un processus d'innovation permanente, un monde en torsion parce que la technique y évolue plus vite que les cultures. Tout nous dit que l'avenir c'est le présent, parce que, constate le philosophe Paul Virilio, « la vitesse anéantit le temps ». On nous vante les mérites du direct sur CNN (et peu importe que le « vrai » direct représente au mieux soixante minutes par jour dans la chaîne américaine) et du « temps réel » sur les réseaux. Comme l'assure la publicité de Chronopost : « Nous sommes les maîtres du temps. » *Hic et nunc*, dans cette promesse ambiante de l'instantanéité, quoi de plus terrifiant que l'instant éternel du trou noir ?

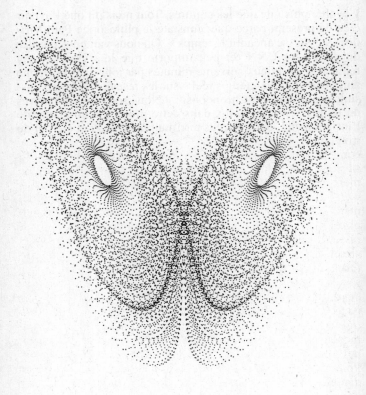

Ce curieux papillon pointilliste est l'« attracteur étrange » de Lorenz, figure mathématique générée par ordinateur à partir des équations de la météorologie. Chaque point représente un état de l'atmosphère à un moment donné, mais il est impossible de prévoir où se situera le point suivant. De quoi déculpabiliser tous les spécialistes de la prévision météo, victimes comme bien d'autres scientifiques du terrible « effet papillon ».

Le papillon de Lorenz

Parmi les modes scientifiques les plus récentes figure le concept de « chaos ». Les branchés amateurs d'équations savent que ce mot à tiroirs dissimule le surprenant comportement de certains « systèmes dynamiques non linéaires » – entendez l'impossibilité de prévoir l'évolution d'un phénomène pourtant régi par des équations on ne peut plus déterministes. *A priori* prévisibles, certains phénomènes physiques se révèlent ainsi échapper à toute loi en devenant chaotiques. Un simple pendule peut « s'affoler » sous l'effet d'une infime perturbation, et le système solaire, modèle de régularité, est en fait en équilibre instable : dans quelques millions d'années, il devrait ressembler à cette célèbre publicité pour une boisson gazeuse où l'on voit des planètes plus agitées que des *teenagers* des années soixante. Quant à la nature chaotique de l'atmosphère terrestre, elle est quotidiennement mise en évidence par l'imperfection des prévisions météorologiques. Henri Poincaré, en 1902, avait déjà signalé ce fait, puisqu'il écrivait dans *La Science et l'Hypothèse* : « Un dixième de degré en plus ou en moins en un point quelconque [...] un cyclone éclate ici et non pas là. » Et le mathématicien russe Kolmogorov n'avait pas manqué de faire progresser cette curieuse réflexion sans pouvoir, faute d'ordinateur assez puissant, parvenir à des conclusions spectaculaires.

C'est au météorologue Edward Lorenz qu'il revint, en 1972, de mettre en évidence le fameux « chaos déterministe », qui n'a pas manqué d'avoir un impact considérable sur tous les secteurs de la science. Ce qui est moins courant est qu'il a aussi envahi la littérature et le cinéma – non par le biais de la dynamique non linéaire mais grâce à une métaphore à succès qui en est devenue l'emblème. Pour illustrer le fait qu'il suffit d'une toute petite perturbation pour rendre un système chaotique – ce que les physiciens nomment pompeusement « sensibilité aux conditions initiales » –, Lorenz donna une conférence intitulée (bien malgré lui) : « Le battement des ailes d'un papillon au Brésil peut-il déclencher une tornade au Texas ? » En fait de tornade, ce papillon brésilien a déclenché une tempête médiatique, tant il est vrai qu'une bonne image vaut mieux qu'un long calcul. L'« effet papillon » est devenu l'ingrédient obligé de toute tentative de vulgarisation, que ce soit au sein d'un article scientifique ou dans le scénario d'un film à succès. Dans *Havana*, film de Sydney Pollack, Robert Redford laisse pantoise sa partenaire en lui racontant qu'une libellule en mer de Chine peut provoquer un ouragan dans les Caraïbes ; dans *Jurassic Park*, le mathématicien prédit la dino-catastrophe en évoquant un papillon chinois déclenchant une tempête sur New York.

Ce nouveau mythe scientifique présente un intérêt particulier dans la mesure où il est facile d'en suivre la naissance et l'édification. Première surprise à cet égard : la célèbre métaphore n'est pas de Lorenz, qui affirme avoir utilisé l'image d'une mouette et pas celle d'un papillon, mais de Philip Merilees, l'organisateur de la conférence à laquelle Lorenz participait. Quant au succès de la métaphore, il doit de toute évidence beaucoup au best-seller du journaliste américain James Gleick, *La Théorie du chaos*, dont le premier chapitre s'intitule « L'effet papillon ». Le mythe papillonnesque pouvait dès lors voler de ses propres ailes et faire fureur dans la littérature de vulgarisation. On y trouve une grande variété de papillons, voire de lépidoptères, de libellules ou de coléoptères, battant des ailes dans les régions les plus exotiques. Au contraire de l'Afrique (peut-être épargnée parce que le chaos n'y est pas qu'une métaphore), la forêt amazonienne et l'Extrême-Orient sont les régions les plus citées, suivies, on ne sait trop pourquoi, de la baie de Sydney et de la muraille de Chine. On trouve même un papillon parisien modifiant le climat à Paris, ce qui est très atypique puisque le schéma habituel veut qu'un papillon exotique, batifolant aux antipodes, génère une catastrophe climatique dans un lieu aussi familier que possible.

Mais, si l'on excepte ce papillon franco-français, on observe que le schéma idéal est très rarement respecté, sauf chez les auteurs américains. L'examen d'une quarantaine d'effets papillon attrapés au vol dans la littérature scientifique française et anglo-saxonne montre que tous les auteurs américains citent les États-Unis, et que seul un auteur français sur six cite la France. L'effet papillon est donc perçu comme typiquement américain, de même d'ailleurs que la théorie du chaos dont les principales applications (en biologie et en sciences sociales, surtout) sont le fait d'universitaires américains. Cela souligne bien sûr l'américanisation croissante de la science, et montre aussi qu'une des figures du mythe évoquées par Roland Barthes, la « privation d'histoire », est à l'œuvre. Un objet ne peut devenir mythique que s'il est neuf, débarrassé de son encombrante charge historique : le chaos, comme l'effet papillon, doivent impérativement se faire une virginité en oubliant leur lointaine origine. Poincaré, Kolmogorov et les autres ne peuvent être inclus dans la genèse du chaos. Comment la « nouvelle science » de James Gleick pourrait-elle avoir des antécédents aussi lointains ? Voilà sans doute pourquoi, après avoir soigneusement oublié de citer tous les travaux européens ou russes sur la question du chaos, les chercheurs et journalistes américains se sont concocté un papillon générant des catastrophes exclusivement américaines.

A défaut de se voir attribuer des antécédents scientifiques, l'effet papillon s'est trouvé des ancêtres littéraires – dans un petit texte d'Arthur Schnitzler, *Le Triple Avertissement*, dans *Storm*, roman de George R. Stewart où un météorologue affirme qu'un homme éternuant en Chine peut déclencher une tempête de neige sur New York, et dans une nouvelle de Ray

Bradbury, intitulée *A Sound of Thunder* et parue en 1948. Elle met en scène un safari un peu particulier : une chasse au tyrannosaure organisée en 2055 par une société exploitant une machine à remonter le temps. Afin de ne pas perturber le passé – ce qui pourrait avoir des conséquences redoutables dans le futur – les chasseurs doivent impérativement rester sur une passerelle métallique… mais le héros, Eckels, en tombe et fait quelques pas dans la boue. De retour en 2055, il constate que son pays est gouverné par un abominable dictateur. Terriblement anxieux, Eckels observe ses semelles : « … enchâssé dans la boue, jetant des éclairs verts, or et noirs, il y avait un papillon admirable et, bel et bien, mort. — Pas une petite bête pareille, pas un papillon ! s'écria Eckels. »

A y regarder de plus près, on voit clairement à l'œuvre un autre ingrédient essentiel à l'édification du mythe : l'évacuation du sens initial. On note en effet deux grands types très majoritaires d'effets papillon. Ceux qui, suivant servilement la métaphore originale de Lorenz-Merilees, partent du Brésil et arrivent aux États-Unis, et ceux qui, suivant fidèlement James Gleick, partent de Chine et arrivent aux États-Unis. Plutôt que d'adapter la métaphore à leur propos, les auteurs préfèrent utiliser telle quelle la version *made in USA*, sacrifiant ainsi la pertinence à ce qu'ils croient être une légitimation scientifique, et oubliant l'outil pédagogique qu'était à l'origine l'effet papillon pour en faire une simple parenthèse amusante dans l'explication d'un concept ardu. Le même mécanisme est de toute évidence à l'œuvre dans la dissémination du concept de chaos, où deux grands types de chaos sont utilisés tels quels comme points de départ pour les supputations les plus hasardeuses, en particulier dans le domaine des sciences sociales : le chaos des physiciens, bien que le rapport entre système social et système physique soit mal élucidé, et celui, moins assuré encore, mis au jour par les biologistes dans nos rythmes cardiaques ou dans les neurones du bulbe olfactif du lapin. Là aussi, l'analogie directe est de règle, entre l'individu et le neurone ou la société et le système solaire, sans que le moindre effort d'adaptation vienne enrichir une traduction aussi platement littérale.

Où est donc passé l'esprit critique de nos chercheurs ? Certes pas dans l'analyse du concept de chaos et des applications qui en sont faites, mais dans la critique de l'effet papillon ! Mathématiciens et physiciens, en effet, ne recourent au papillon qu'avec des pincettes. Lorenz lui-même, dans sa conférence de 1972, précisait que, si le papillon pouvait déclencher une tornade qui, sans lui, ne se serait pas formée, il pouvait tout aussi bien empêcher une tornade de se former [17], et un chercheur français n'a pas hésité récemment à monter au front en écrivant : « ...la belle image du battement d'ailes de papillon induisant une tornade de l'autre côté de la planète est inexacte, car il existe aussi une dissipation de l'erreur à très petite échelle. » S'il est vrai que les papillons, qui volent généralement en air calme, sont moins susceptibles que les mouettes de voir leurs battements d'ailes amplifiés exponentiellement pour générer des cyclones, force est de constater que l'innocente métaphore a fini par supplanter la théorie qu'elle était censée illustrer, au point de concentrer sur elle les attaques qui auraient dû viser cette dernière. Aucun doute : un nouveau mythe vient de sortir de sa chrysalide.

---

17. On observe même parfois de remarquables « effets antipapillon » puisqu'il n'est pas rare de trouver, en Angleterre surtout, des colonies égarées de « monarques » (*Danaus plexippus*), très communs au Mexique. Les météorologues expliquent que ces papillons arrivent par la voie des airs, transportés par les vents d'altitude d'une queue de cyclone. D'où il ressort qu'un cyclone au Mexique peut provoquer un battement d'ailes de papillon en Angleterre !

Article initial

« Predictability : Does the Flap of a Butterfly's Wings in Brazil Set Off a Tornado in Texas ? », E. Lorenz, *AAAS*, 29. 12. 72.

Habitat du papillon	Lieu de la catastrophe	Source
Pékin	tempête à New York	J. Gleick, *La Théorie du Chaos*, 1987
Californie	tornade en Normandie	*Ça m'intéresse*, 06. 87
Rio	tempête en Australie	*Explora*, 12. 88
Brésil	tornade en Floride	*Le Figaro*, 03. 94
Près de Notre-Dame	climat de Paris	*Le Point*, 18.06. 94
Forêt amazonienne	tempête à Chicago	R. Lewin, *La Complexité*, 1994
Sumatra	ouragan en Angleterre	J. Schwartz, *The Creative Moment*, 1992
Le jardin de ma tante	cyclone à Manille	*Science & Vie Junior*
Baie de Sydney	cyclone sur la Jamaïque	*Les Échos*, 18. 04. 90
Pékin	côte ouest des États-Unis	*La Recherche*, 10. 90
Pékin	New York	M. Crichton, *Le Parc jurassique*, 1992
Libellule en mer de Chine	ouragan dans les Caraïbes	*Havana*, film de Sydney Pollack
Brésil	?	*Pour la Science*, 04. 92
Rio	San Francisco	H. Reeves, *Dernières Nouvelles du cosmos*, 1994
Forêt amazonienne	cyclone au Bangladesh	France Inter, 06. 93
Rio	tornade au Japon	*Explora*, 1989
Muraille de Chine	Paris	*Actuel*, 1990
Brésil	Texas	A. Boutot, *L'Invention des formes*, 1994
Amazonie	Mexique	J.-É. Hallier, *Nouvel Observateur*, 06. 94
Philippines	Californie	J.-F. Kahn, 1994
Tokyo	Brésil	I. Stewart, *The Collapse of Chaos*, 1993
Tokyo	Chicago	B. Appleyard, *Understanding the Present*, 1994
Australie	ouragan sur le Limousin	*Sciences et Avenir*, 09. 94
Brésil	tempête de neige en Alaska	J.-L. Casti, *Complexification*, 1994
Cité impériale de Pékin	cyclone sur la Jamaïque	*La Recherche*, 10. 90
Antilles	Océanie	France Culture, 06. 92
Chine	cyclone en Floride	*Libération*, 03. 03. 94
Pékin	New York	*Nouvel Observateur*, 04.04. 91
Baie de Sydney	cyclone sur la Jamaïque	*Quotidien du médecin*, 06. 06. 91
Rio	Paris	*Pour la science*, 10. 91
Shanghai	orage sur New York	*Libération*, 23. 03. 92
Brésil	orage sur Londres	*Sunday Times*, 31. 01. 93
Pékin	New York	*Libération*, 07. 07. 93
Rio	Chicago	*Scientific American*, 08. 91
Martinique	Chine	*L'Événement du Jeudi*, 24.02. 94
Afrique	Jamaïque	France Culture, 09. 11. 94
Australie	tempête au Brésil	*Sciences et Avenir*, 12. 94
Tokyo	cyclone sur la Jamaïque	*Le Monde*, 22.02. 95
Rio	ouragan au Bangladesh	*The New York Times Book Review*, 09. 10. 94
Singapour	ouragan en Floride	*Pour la Science*, 02. 94
Amérique	typhon à Hong Kong	R. Matthews, *Unravelling the Mind of God*, 1992

Cette surprenante vision, due au graveur William Hogarth (1697-1764),
illustre les liens entre la philosophie mécaniste et la théologie naturelle
anglicane. La face de la science est carrément parallélépipédique.

Au nom de la science

Dans la littérature française, le mot « science » apparaît pour la première fois vers 1080 dans *La Chanson de Roland*, attribuée au barde Turold : « Puis sunt muntez e unt grant science. » Traduisez : ils montent en selle et manœuvrent savamment. Il s'agit de l'arrière-garde commandée par le hardi Roland qui s'apprête, raconte Turold, à se faire laminer par les Sarrasins. Emprunté au latin *scientia*, le mot perd en se francisant le sens qu'il avait à Rome, celui de savoir théorique. Il ne le regagnera que trois siècles plus tard. Non que l'épistémè d'Aristote ait disparu de la surface du globe durant cette période. Simplement, elle ne se pratique pas, ou si peu, chez les Capétiens, et beaucoup plus à Bagdad, Pékin ou Byzance. Sur le Bosphore, on l'enseigne sous le nom de *quadrivium*. A cet attelage qui regroupe arithmétique, géométrie, musique théorique et astronomie s'ajoute parfois la physique. Rien à voir avec cette science qui pour Turold est tout bonnement l'habileté consommée du professionnel, qu'il soit cavalier, pâtissier ou maçon. Début modeste pour un mot qui, mille ans plus tard, suintera aussitôt prononcé une lourdeur sénatoriale fleurant de loin sa brochette de décorations et bien d'autres choses encore, si l'on en croit ces chansons de geste télévisuelles qui font le charme des veillées d'aujourd'hui.

Une émission récente s'intitulait ainsi : « La science, ça change la vie. » Bien qu'on imagine sans peine d'autres vocables s'accoler à la proposition (la mort, le vin, l'amour…), c'était un début de définition. Un aussi gros gibier ne devant pas manquer d'y laisser des traces conséquentes, on pouvait

espérer des précisions sur cette définition en scrutant attenti-
vement le sommaire de l'émission. Il laissait entendre qu'elle
était consacrée aux mutations survenues, sinon par, du moins
au nom de la science, dans les quatre-vingts dernières années.

La première de ces mutations était bien involontairement illus-
trée par la forme hachée du spectacle, propre à stimuler réguliè-
rement l'intérêt d'un public censé réagir au changement de
mélodie plutôt qu'à la mélodie même. Pour les autres, le specta-
teur était renvoyé bord sur bord sur une mer étrange où les titres
précédant chaque séquence claquaient comme les oriflammes
d'une flotte victorieuse : « L'ère de la précision absolue », « Les
transports du futur », « Communiquer à 300 000 km/s ». Vague
après vague, il pouvait ainsi voir les jeux vidéo succéder aux
guinguettes du bord de Marne, les centrales nucléaires aux seaux
à charbon, les formule 1 aux calèches, l'horloge atomique à la
montre à gousset et la pilule au cérémonial de Kiusaku Ogino.

A l'époque de Turold, un producteur illuminé, lointain
ancêtre du précédent, aurait-il voulu monter un spectacle sur la
science, qu'il n'aurait certainement pas mis au sommaire
l'horloge à eau de Su Song, orgueil de l'empereur de Chine,
qui reproduisait le mouvement du Soleil, de la Lune et des
astres avec une régularité jusque-là inconnue. Ni l'introduction de la notation décimale en Espagne par les savants arabes.
Ni que Tseng Kung Liang décrit dans le *Wu Ching Tsung Yao*
des poissons de fer capables d'indiquer le sud. Encore moins
la résolution par le Persan Omar Khayyam d'une équation du
troisième degré. Peut-être eût-il annoncé que les Italiens
avaient appris à distiller l'alcool, que la comète de Halley
annonça la défaite d'Hastings ou qu'un nouveau type d'attel-
lage à collier d'épaule rigide facilitait grandement la tâche des
chevaux de trait. Cela, il ne l'eût pas tant fait par ignorance
que pour répondre à ce qu'il sentait alors être la science – pour
l'essentiel, du savoir-faire. Aujourd'hui, son descendant ne fait
rien d'autre que définir le mot « science » comme il le ressent.
Et son spectacle est sans ambiguïté : la science peut vous
sauver, la science peut vous tuer, la science peut vous trans-

porter plus vite et plus loin ; la science peut ce que vous voulez, que vous le vouliez ou non. Au fond, c'est le génie de la lampe, le serviteur de l'oiseau Rokh, l'effrit invoqué par Aladin pour conquérir sa princesse et son royaume.

Dans un genre symétrique, un mystérieux criminel, signant *Unabomber*, a commis aux États-Unis une série de vingt-trois attentats depuis 1978. Trois personnes sont mortes en recevant ses lettres piégées. Charles Epstein, spécialiste de la maladie d'Alzheimer et du syndrome de Down, y a perdu quelques doigts. David Gelernter, créateur d'un programme joliment baptisé Ada en hommage à la comtesse de Lovelace, fille du poète Byron et co-architecte du premier ordinateur de l'histoire, en restera défiguré. Le seul lien entre les victimes (des universitaires, le P.-D.G. d'une companie aérienne et deux vendeurs d'ordinateurs) tient à leur travail qui touche, de loin plus que de près, à des technologies avancées. Le choix était large. Au mois de septembre 1995, *Unabomber* a exigé, et obtenu, de publier un manifeste de 35 000 mots dans certains journaux, faute de quoi il menaçait de continuer à envoyer ses mortelles missives [18].

Ce manifeste, sur « la société industrielle et son futur », a été publié dans le *Washington Post*. On peut y lire entre autres que les motivations des scientifiques ne sont ni la curiosité, ni le bien-être de l'humanité mais le pouvoir, et que la science progresse aveuglément selon les humeurs des scientifiques, des hommes politiques et des dirigeants d'entreprise. Passons sur les motivations délétères du personnage pour n'en retenir que la nébuleuse à laquelle il pense s'attaquer. Comment voit-il la science ? Si l'on en juge par ses cibles, son point de vue est identique à celui du producteur de télévision précédemment évoqué. A l'explosion de la connaissance que croit reconnaître l'un, répondent les explosions tout court de ceux que l'autre

---

18. En exposant sa prose, Unabomber dévoilait son style. Un style que son frère a reconnu. Au début du mois d'avril 1996, le FBI a interpellé Ted Kaczynski, ancien d'Harvard, ex-professeur de mathématiques à Berkeley, qui vivait comme un ermite dans une cabane isolée du Montana. Il ne sortait de sa retraite que pour envoyer ses monstrueux colis.

considère comme les serviteurs aveugles de cette connaissance. Le bon producteur Jekyll se transforme à l'extinction
des projecteurs en Hyde maniaque épistolaire de la dynamite
et du semtex. Simple métaphore pour souligner qu'ils parta-
gent l'un et l'autre une même idée de la science, bien qu'elle
provoque chez eux des attitudes sensiblement opposées.

Évidemment, il y a autant de différences entre cette vision
syncopée de notre mystérieuse héroïne et sa réelle substance
qu'entre l'épopée du porteur de Durandal et l'expédition de
soudards que Charlemagne entreprend pour aider un chef
musulman contre l'émir de Cordoue. Rezzou au retour duquel
l'arrière-garde des Francs, et en son sein Roland, duc de la
Marche de Bretagne, se fait massacrer par des montagnards
basques ou gascons ne distinguant assurément pas un bon
chrétien d'un mauvais païen.

Entre la science rêvée par l'opinion publique ou célébrée
par les médias et la science telle qu'elle est pratiquée quotidiennement par les scientifiques, il y a le décalage qui sépare
l'épopée du carnet de voyage. D'une manière inattendue, ce
décalage nous a entraînés au cœur d'une fracture entre deux
rives, dans un domaine que les scientifiques prétendaient
réserver aux historiens et aux philosophes, celui des mythes.
Rive gauche, l'énorme réussite de l'aventure scientifique,
rive droite, son étonnante absence de la scène culturelle.

Car il y a d'abord une réussite étonnante devant laquelle
l'homme de la rue est sans doute partagé. A-t-il foi en la
science ? Une des raisons qui pourrait lui insuffler cette foi est
qu'il peut en percevoir la réalité à travers la technologie.
Lorsque, le 15 octobre 1783, le marquis d'Arlandes et Pilâtre
de Rozier survolent Metz en ballon, les gaz invisibles dont
parle Lavoisier prennent une forme tangible. Lorsque, le
6 août 1945, la bombe A explose à Hiroshima, l'énergie du
noyau atomique vient secouer les esprits. Du rêve d'Icare au
feu prométhéen, le lien avec l'invisible s'accomplit dans le
témoignage. Que la technologie valide l'autorité des sciences
est d'ailleurs un postulat si bien établi que les tenants de la

recherche fondamentale ne cessent de le brandir à chaque demande de crédits. D'où par exemple le constat batailleur de Walter Massey, directeur de la National Science Foundation américaine, qui déclarait récemment : « Le public entend dire que nous sommes numéro un en science et il veut savoir pourquoi cela n'améliore pas nos vies quotidiennes. La seule chose qui marche dans ce pays ne semble pas donner de dividendes. »

Car, si l'opinion a la foi, elle demande des miracles renouvelés. Et, dans une époque où chaque année connaît son lot de plus grandes découvertes du siècle, elle se blase. Étant moins à même de percevoir les vertus de la science, elle en voit davantage les vices. L'idée que la science apporte à l'homme autant de mal que de bien s'est répandue peu à peu. La science s'est développée trop vite par rapport au sens moral de l'homme, constatons-nous avec une indifférence résignée devant un pouvoir qui nous dépasse, devant cette boîte noire d'où sortent, apparemment au hasard, des objets qui peuvent être un antimigraineux ou un laser de poing, un bestiaire fabuleux où s'agitent les dieux lointains de l'infiniment petit, du boson au quark, et ceux plus imposants de l'infiniment lointain, trous noirs dévorants, géantes rouges apoplectiques ou naines blanches ratatinées.

Certes, le discours quotidien témoigne toujours de la plus-value attachée à la science. Dans les publicités, l'immaculée blouse laborantine traduit encore la force tranquille de la rationalité scientifique, cette vérité objective qui dote les hommes de science d'une capacité prédictive. Une angoisse, un danger ? Chaque problème a sa réponse, toujours identique : la science y pourvoira… à condition d'y injecter suffisamment de crédits. Le problème du sida est un problème d'argent, clamait Act Up en 1993. Sous-entendu : la science a les réponses ; simple question de temps et d'argent, comme si elle se réduisait à une planification selon des standards de productivité, comme s'il existait une méthode assurant la découverte. Curieux paradoxe : nous n'espérons plus de salut en dehors de la science, et pourtant nous sentons bien à l'usage que ce qui sort de la boîte noire est aussi inattendu que ce qui n'en sort pas est attendu.

Mais le plus étrange est à venir. Au foisonnement des découvertes et inventions s'oppose, disions-nous, une absence de la scène culturelle. Symptôme de cette absence, la disparition des brûlantes controverses qui agitaient un public non scientifique à propos de la théorie de Newton, de l'évolutionnisme de Lamarck et Darwin ou de la relativité d'Einstein. Les grandes bagarres des dernières décennies, celles qui ont fait la une des magazines, ont été d'ordre économique, éthique, dogmatique ou technique. On s'est passionné pour ou contre la fusion froide au nom d'une source d'énergie inépuisable, avec en toile de fond la lutte d'un David chimiste contre les Goliaths de la fusion thermonucléaire (chaude). On a bataillé avec fureur pour déterminer si l'eau a une mémoire (en tout cas elle a son martyr et ses inquisiteurs). On s'inquiète, à bon droit, du contrôle des manipulations génétiques, mais c'est bien la seule querelle qui entraîne un questionnement sinon sur notre vision du monde, du moins sur notre avenir. Les autres reflètent plus les rapports délicats entre scientifiques et médias que l'état des sciences aujourd'hui.

Il faut dire que la tâche est rude. Les langages scientifiques sont devenus si spécialisés qu'au sein d'une même discipline il y a des branches et des sous-branches entre lesquelles les dialogues ne sont pas plus aisés qu'entre un Papou et un Navajo. En outre, les projecteurs orientés depuis un demi-siècle par les physiciens, les cosmologistes ou les généticiens ont éclairé la nature d'une manière plutôt déroutante. Ainsi dans le monde subatomique, où l'électron, comme les autres constituants de la matière, n'est plus un objet localisé dans l'espace-temps mais une chose étrange qui apparaît tantôt comme une onde, tantôt comme une particule, sans être ni l'une ni l'autre. Ainsi en cosmologie et en physique des particules élémentaires, où les réactions étudiées ont des durées plus d'un milliard de fois inférieures ou supérieures à celles dont nous avons l'intuition. Mais la richesse, tant opérationnelle que conceptuelle, de ces incursions n'a de sens que pour les scientifiques. Eux-mêmes se livrent alors au jeu des métaphores, tant il est difficile d'explorer un monde trop lointain du nôtre. L'astronome Fred Hoyle imagine que la vie a été ensemencée sur Terre par des extraterrestres de passage il y a quelques milliards d'années. Et le Big Bang n'est pas la moindre de ces métaphores qui nous plongent aux sources mêmes du mythe. Car de ce que les scientifiques nous disent, nous ne retenons guère que ces images.

Et nous croyons aux trous noirs comme les paysans francs croyaient aux esprits de la forêt. Celui qui entend parler d'attracteur étrange, de théorie des catastrophes, de boson intermédiaire ou de fractals, confessera volontiers qu'il s'agit là pour lui de paroles vides, qu'il ne peut même pas s'en faire une idée, même si la musique de certains mots lui devient familière. Haut, bas, étrange, charme, beauté, vérité, voilà les sobriquets des quarks. Bien sûr, les calculs des physiciens en démontrent la réalité, mais leurs expériences ne prennent un sens que transcrites en langage mathématique. Pour la plupart d'entre nous, ce monde est étranger, sinon surnaturel. Le renoncement à la culture est précisément là et s'accompagne d'un retour aussi violent qu'inconscient. Pourquoi ? Parce que, dit Lévi-Strauss, « tout se passe à l'inverse des sociétés sans écriture où les connaissances positives étaient très en deçà des pouvoirs de l'imagination. Chez nous, les connaissances positives débordent tellement les pouvoirs de l'imagination que celle-ci, incapable d'appréhender le monde dont on lui révèle l'existence, a pour seule ressource de se tourner vers le mythe ». Vers 1850, les scientistes affirmaient que nous allions de l'âge obscur vers la lumière parce que la science découvre et découvrira la vérité, et détruira les idées fausses, les religions, les traditions, les mythes. Ils se trompaient sur tous les points. « Surprise, conclut Lévi-Strauss, c'est le dialogue avec la science qui rend la pensée mythique à nouveau actuelle. »

Le fonctionnement du radiomètre de Crookes s'explique, en théorie, par le fait que la lumière est absorbée par les faces noires des palettes, et réfléchie par les faces blanches. Ces dernières, subissant une plus forte pression de radiation, sont « poussées » par la lumière. En fait, dans les radiomètres du commerce, ce sont au contraire les faces noires qui s'éloignent de la lumière. En raison du vide insuffisant dans l'ampoule, les faces noires sont plus chaudes que les blanches et réémettent les molécules qui les frappent avec une vitesse accrue, ce qui produit un effet de recul. Le radiomètre de Crookes tourne donc à l'envers, ce qui est une raison supplémentaire d'en faire un symbole du mythe scientifique.

© Christian Zachariasen.

Le vaisseau du diable

Une société pour laquelle Donatello est une tortue ninja et Socrate un système de réservation de chemins de fer incline à la perplexité. Laquelle pourrait envahir le lecteur confronté dans ce livre au mot « mythe ». Dire que James Dean ou Marilyn Monroe sont des mythes ne signifie sûrement pas la même chose que le « mythe du plein emploi » sous la plume d'un journaliste économique ou le mythe mélanésien de la création du Nugu par Ipila sous celle de Mircea Eliade. Il n'y a guère de mots dont la signification soit si « flottante » aujourd'hui. Dire que la science et les récits qui s'y rattachent relèvent autant de la pensée rationnelle que de la pensée mythique suppose que nous avons implicitement défini le mythe par sa fonction. Rassembler des hommes autour d'une même conception de l'univers et de l'existence. Évoquer comment le destin de la société se joue et se met au jour. Résoudre des contradictions ou des scandales. Quelle conception, quel destin, quelle contradiction, quel scandale ?

Une conception d'abord, par exemple celle du dictionnaire Robert qui définit la science comme « une connaissance exacte, universelle et vérifiable exprimée par des lois ». C'est l'idée, toujours la même, du grand Meccano de l'univers dont nous pourrions saisir les délicats mécanismes.

Un destin ensuite – dévoiler les mystères de l'univers –, en décalage avec la quasi-totalité de la recherche scientifique actuelle, qui semble davantage orientée vers les possibilités d'action sur la nature que vers la compréhension de ses lois. Comprendre ou agir ? Nous avons depuis longtemps tranché en faveur du deuxième terme. « Dans ma jeunesse, écrivait le biologiste Erwin Chargaff, le cri de bataille était *connaissance*, aujourd'hui les jeunes scientifiques crient plutôt *pouvoir*. »

Puis une contradiction : la pensée rationnelle semble être par nature exclusive et rejeter tout ce qui n'en relève pas au rayon des religions et des mythes. Alors même que la vérité scientifique n'est pas toute la vérité sur le monde et que c'est justement le rôle des mythes de dire quelque chose qui ne pourrait être dit autrement.

Un scandale enfin : comment la quête pure et désintéressée de la connaissance est-elle compatible avec un siècle qui a connu deux guerres mondiales, Hiroshima, des catastrophes écologiques en pagaille, et se termine à l'ombre menaçante des manipulations génétiques ?

Cette inquiétude entre dans la composition de la glu qui assure la cohésion de nos mythes scientifiques. Ce n'est pas une nouveauté (« science sans conscience... »), elle a depuis Rabelais atteint sa pleine maturité : « Le serpent, symbole de la connaissance, a conquis la Terre, écrit le philosophe Ernst Jünger, et la question se pose de savoir s'il se cache derrière la science. » Symbole du diable aussi. Un écrivain l'avait plus simplement exprimé que tout autre et, avec lui, nous revenons par un chemin de traverse à la case Frankenstein : en 1860, l'honorable Thomas Love Peacock faisait dire au docteur Opiamus, l'un des personnages de son roman *Gryll Grange* : « J'en viens à penser que le destin ultime de la science est l'extermination de la race humaine. » Pour parvenir à cette conclusion, Peacock, un ami du poète Shelley et de sa femme Mary, catalogue pêle-mêle les malheurs de son temps : explosions dans les fabriques de poudre et les chaudières de navires, coups de grisou dans les mines, perfectionnement des revolvers, des fusils, des canons, transformation des déchets en poison, pollution londonienne qui fera « qu'aucune chose vivante ne pourra bientôt respirer sans impunité », chômage occasionné par une machinerie scientifique qui détruit l'artisanat et concentre l'homme dans les villes. Par-dessus tout, il dénonce les désastres et les naufrages qu'il attribue à la folie de la vitesse, « si commune chez ceux qui n'ont de toute façon rien à faire au bout de la course mais détalent comme s'ils étaient autant de Mercure portant les messages de Jupiter en personne ».

D'où vient cette triste philippique ? En 1819, Peacock entre au service de l'East India Company, société dont la fortune avait un triangle pour base : l'opium de ses plantations du Bengale, le thé des Chinois consommateurs d'opium, l'argent des Anglais buveurs de thé. Il y gravit les échelons jusqu'à occuper en 1836 le poste envié d'inspecteur en chef. A ce titre, il est le plus ardent promoteur d'une nouvelle série de canonnières, dont la *Némésis* fut en 1840 le fleuron. Fine, racée, voltigeant sur les flots grâce à ses deux moteurs de 60 chevaux, dotée d'un faible tirant d'eau pour remonter les fleuves et surtout d'un armement imposant pour sa taille : dix petits canons, deux pièces de 32, des mortiers et même un lance-roquettes. Le tout protégé par un blindage conséquent. C'était un amour de vapeur.

Contrairement aux princes marchands de la City, l'amirauté britannique ne voyait pas d'un très bon œil ce vilain fer à repasser charbonneux venir nicher au milieu des grands cygnes blancs de sa flotte. Pour un marin, il faut dire qu'une coque d'acier présentait un inconvénient majeur. Les boussoles tournaient à l'aigre, affolées par une telle masse de métal. Alors ? Alors la fée des sciences vint illuminer le cerveau de l'astronome royal George Airy. En 1838, il découvrit une méthode pour compenser l'effet magnétique de la coque. Trois ans plus tard, la fille de la nuit remontait la rivière Perle, y semant la terreur de Canton à Wampoa. A tel point que les soldats du Céleste Empire la baptisèrent le vaisseau du diable… Ainsi fut gagnée la première guerre de l'opium.

Cette historiette rassemble les ingrédients d'une recette qui fera florès : prenez quelques techniques innovantes, roues à aubes et coques d'acier, et livrez-les à quelques visionnaires capables d'en extirper un instrument de pouvoir et de profit adéquat. Ajoutez-y un marché juteux : l'opium était le premier de son temps. Et il n'y manque pas l'intervention d'un savant renommé, patron de l'observatoire royal de Greenwich, c'est-à-dire sous la dépendance directe d'une amirauté pour qui l'arpentage des étoiles avait la navigation de la flotte pour principal objectif. Voilà d'où écrit en réalité Peacock. Ses remords ne sont pas malvenus, mais y a-t-il de quoi fouetter un savant ? Les astronomes sont-ils dans l'ombre responsables des élans enthousiastes et guerriers des lords de la mer ? Les ingénieurs et maîtres de forges qui ont conçu cette redoutable flèche d'acier occupent-ils une place privilégiée au banc des accusés ? En bref, comment identifier le papa du monstre ? Docteur Frankenstein ? Mais où s'est-il encore fourré, celui-là !

Dans ce voyage où la belle *Némésis* vint exercer ses talents, Peacock désigne un coupable en baptisant son ignorance : ce sera la science. Prononcé aujourd'hui, et moyennant quelques adaptations, son discours ne surprendrait personne. Car la seule question qui compte dans le monde non savant, c'est bien de savoir si, un de ces jours, la science ne va pas nous concocter un monstre plus terrifiant que les autres. L'angoisse du docteur Opiamus n'a rien perdu de son actualité.

Au long de ce livre, nous avons folâtré parmi des personnages ou des concepts porteurs d'un mythe qui les dépasse. Aux héros des premiers temps, Vinci ou Archimède, sont venus s'ajouter la figure rassurante d'Einstein, les ovnis – également rassurants parce que, venant (technologiquement) de notre avenir, ils sont bien la preuve que nous en avons peut-être un –, puis le chaos sur les ailes du papillon de Lorenz, ou le « principe » d'incertitude derrière les prunelles du chat de Schrödinger. D'autres récits auraient pu les accompagner, à commencer par les dinosaures qui exercent une fascination à la mesure de leur monstruosité et du mythe de fin du monde que leur histoire suggère. Tous soulignent finalement un fait simple, quoique paradoxal.

La science et le mythe ne sont pas deux mondes étrangers. S'il n'y avait pas de pensée mythique, de pensée religieuse, il n'y aurait pas de science. Kepler fut astrologue[19] autant qu'astronome, Newton fut alchimiste. Bohr avait choisi la « voie du milieu » (le tao), Schrödinger était un bon connaisseur de l'hindouisme, et l'on pourrait égrener un chapelet de noms, de Paracelse à Gilbert en passant par Harvey et Glauber, qui, pour avoir cru à l'*anima mundi*, à l'« esprit », à l'harmonie divine des astres, n'en ont pas moins été des pionniers de la science moderne. Une telle litanie n'aurait évidemment pas pour seul objectif de démontrer que les savants sont après tout des humains (la langue d'Einstein, sur poster grand format, nous le rappellerait s'il en était besoin), mais de souligner à quel point, si la science participe du façonnement de notre représentation du monde, elle est aussi et en permanence façonnée par le monde qui l'entoure.

Qu'en retour elle s'offre comme réservoir de nos mythes est plutôt un signe de vigueur. Le contraire indiquerait probablement une atrophie, avec, au bout du compte, l'incapacité de renouveler, aux couleurs de notre époque, le grand dessein des débuts de la science moderne, son mythe fondateur en quelque sorte. Supprimez les faces sombres du radiomètre de Crookes, et il s'arrêtera de tourner.

---

19. Et ce n'est pas un plaidoyer en faveur des pseudo-sciences. Rien qu'en France, 40 000 à 50 000 personnes en vivent ; on recense 6 000 astrologues et plus de 500 serveurs minitel. A titre de comparaison, il y a environ 11 000 chercheurs et ingénieurs au CNRS.

Bibliographie

La citerne de Dieu

Barthes, Roland, *Mythologies*, Paris, Éd. du Seuil, 1957.
Lévi-Strauss, Claude, *Histoire de lynx*, Paris, Plon, 1991.

La baignoire d'Archimède

Archimède, *Les Corps flottants*, Paris, Les Belles Lettres, 1970.
Authier, Michel, « Archimède : le canon du savant », in *Éléments d'histoire des sciences*, Paris, Bordas, 1989.
Dijksterhuis, *Archimedes*, Princeton, Princeton University Press, 1987.

Les carnets de Léonard

Truesdell, Charles, « Great Scientists of Old as Heretics », in *The Scientific Method*, Charlottesville, Virginia University Press, 1987.
Gillispie, Charles, *Dictionary of Scientific Biography*, Princeton, Princeton University Press, 1981.

Les meubles de Bernard Palissy

Palissy, Bernard, *De l'art de terre, de son utilité, des esmaux et du feu*, 1580 ; rééd., Caen, L'Échoppe, 1989.

Le mouvement perpétuel

Ord-Hume, Arthur W. J. G., *Perpetual Motion, the History of an Obsession*, New York, St. Martin's Press, 1977.
Carnot, Sadi, *Réflexions sur la puissance motrice du feu et sur les machines propres à développer cette puissance*, Paris, 1824 ; rééd., Paris, Jacques Gabay, 1990.

154

La pomme de Newton

Westfall, Richard, *Newton*, Paris, Flammarion, 1994.
Verlet, Loup, *La Malle de Newton*, Paris, Gallimard, 1993.
Fauvel, John, *et al.*, *Let Newton Be !*, Oxford, Oxford University Press, 1988.
Keynes, John Maynard, « Newton, le dernier des magiciens », *Alliage*, n° 22, printemps 1995.

Frankenstein

Shelley, Mary, *Frankenstein ou le Prométhée moderne*, Londres, 1818, in *Les Savants fous*, Paris, Omnibus, 1994.
Maurois, André, *Ariel ou la vie de Shelley*, Paris, Calmann-Lévy, 1947.
Spark, Muriel, *Mary Shelley*, Paris, Fayard, 1989.
Vacquin, Monette, *Frankenstein ou les délires de la raison*, Paris, François Bourin, 1989.

Le chaînon manquant

Bowlby, John, *Charles Darwin*, Paris, PUF, 1995.
Beer, Gillian, *La Quête du chaînon manquant*, Synthélabo, « Les empêcheurs de penser en rond », 1995.
Blanc, Marcel, *Les Héritiers de Darwin*, Paris, Éd. du Seuil, coll. « Science ouverte », 1990.
Denton, Michael, *Évolution, une théorie en crise*, Paris, Londreys, 1988.

Le démon de Maxwell

Locke, David, *Science as Writing*, New Haven, Yale University Press, 1992.
Barbour, Ian, *Myths, Models and Paradigms*, New York, Harper & Row, 1974.

On n'arrête pas le progrès

Nisbet, Robert, *History of the Idea of Progress*, New York, Basic Books, 1980.
Ferrarotti, Franco, *The Myth of Inevitable Progress*, Westport, Greenwod Press, 1985.

Le serpent de Kekulé

Klossowski de Rola, Stanislas, *Alchimie, florilège de l'art secret*, Paris, Éd. du Seuil, 1974 (contient *La Fontaine des amoureux de science*, de Jehan de La Fontaine, 1413).
Thuillier, Pierre, « Du rêve à la science : le serpent de Kekulé », in *D'Archimède à Einstein, les faces cachées de l'invention scientifique*, Paris, Fayard, 1988.

Le tableau de Mendeleïev

Bensaude-Vincent, Bernadette, « Mendeleïev, histoire d'une découverte », in *Éléments d'histoire des sciences*, Paris, Bordas, 1989.

La maîtresse d'Alfred Nobel

Crawford, Elisabeth, *La Fondation des prix Nobel scientifiques, 1901-1915*, Paris, Belin, 1988.
Fant, Kenne, *Alfred Nobel*, New York, Arcade, 1993.

$E = mc^2$ ·

Barthes, Roland, « Le cerveau d'Einstein », in *Mythologies*, Paris, Éd. du Seuil, 1957.
Friedman, Alan J., et Donley, Carol C., *Einstein as Myth and Muse*, Cambridge, University Press, 1985.
Holton, Gerald, *Thematic Origins of Scientific Thought, Kepler to Einstein*, Cambridge, Mass., Harvard University Press, 1973.
Einstein, Albert, *Œuvres choisies*, Paris, Seuil/CNRS, 1989-1993.
« Einsteiniana » (dossier), *Alliage*, n° 22, hiver 1989.

Le nombre d'or de Matila Ghyka

Neveux, Marguerite, *Le Nombre d'or, radiographie d'un mythe*, Paris, Éd. du Seuil, coll. « Points Sciences », 1995.
Ghyka, Matila, *Le Nombre d'or*, Paris, Gallimard, 1995.
Mandelbrot, Benoît, *Les Objets fractals*, Paris, Flammarion, 1975.

Le chat de Schrödinger

Schrödinger, Erwin, *Physique quantique et Représentation du monde*, Paris, Éd. du Seuil, coll. « Points Sciences », 1992 (contient la traduction de l'article relatif au « chat »).
Moore, Walter, *Schrödinger, Life and Thought*, Cambridge University Press, 1989.
Lévy-Leblond, Jean-Marc, et Balibar, Françoise, *Quantique*, Paris, InterÉditions, 1987.

Les ovnis

Thompson, Keith, *Angels and Aliens*, Addison Wesley, 1991.
Lagrange Pierre, « Enquêtes sur les soucoupes volantes », *Terrain*, n° 14, mars 1990, p. 92-112.
Renard, Jean-Bruno, *Les Extra-terrestres*, Paris, Éd. du Cerf, 1988.

Le Big Bang

Lincoln, Bruce, *Myth, Cosmos, and Society*, Cambridge, Harvard University Press, 1986.
Harrison, Edward, *Cosmology*, Cambridge University Press, 1981.
Reeves, Hubert, *La Première Seconde*, Paris, Éd. du Seuil, coll. « Science ouverte », 1995.

Les trous noirs

Matzner, Richard, Piran, Tsvi, et Rothman, Tony, « Demythologizing the Black Hole », in *Analog Essays on Science*, John Wiley & Sons, 1990.
Luminet, Jean-Pierre, *Les Trous noirs*, Paris, Éd. du Seuil, coll. « Points Sciences », 1992.

Le papillon de Lorenz

« Des papillons en effet » (dossier), *Alliage*, n° 22, printemps 1995.
Gleick, James, *La Théorie du chaos*, Paris, Albin Michel, 1989.
Dahan Dalmedico, Amy, Chabert, Jean-Luc, et Chemla, Karine (éd.), *Chaos et Déterminisme*, Paris, Éd. du Seuil, coll. « Points Sciences », 1992.

BIBLIOGRAPHIE

Au nom de la science

Ravetz, Jerome, *Scientific Knowledge and Its Social Problems*, Oxford, Clarendon Press, 1971.
Lévy-Leblond, Jean-Marc, *L'Esprit de sel*, Paris, Éd. du Seuil, coll. « Points Sciences », 1984.
Les Pouvoirs de la science, textes présentés par Dominique Janicaud, Paris, Vrin, 1987.

Le vaisseau du diable

Peacock, Thomas Love, *Gryll Grange*, Oxford University Press, 1987.

Table

IMPRESSION : MAURY-IMPRIMEUR - 45330 MALESHERBES (06-2007)
DÉPÔT LÉGAL : MARS 1998 - N° 33844-6 (07/06/129526)